U0146364

作家版
中国儿童文学经典

鸡毛小不点儿

贺宜 著

作家出版社

图书在版编目（CIP）数据

鸡毛小不点儿 / 贺宜 著 . — 北京 : 作家出版社，2016.7

ISBN 978-7-5063-9037-8

I. ① 鸡… II. ① 贺… III. ① 童话—作品集—中国—当代 IV. ① I287.7

中国版本图书馆 CIP 数据核字（2016）第 167401 号

鸡毛小不点儿

作　　者： 贺　宜
责任编辑： 丁文梅
装帧设计： 冯少玲
出版发行： 作家出版社
社　　址： 北京农展馆南里 10 号　　**邮　　编：** 100125
电话传真： 86-10-65930756（出版发行部）
86-10-65004079（总编室）
86-10-65015116（邮购部）
E-mail:zuojia@zuojia.net.cn
http://www.haozuojia.com（作家在线）
印　　刷： 北京市通州运河印刷厂
成品尺寸： 145×210
字　　数： 101 千字
印　　张： 6.5
版　　次： 2016 年 8 月第 1 版
印　　次： 2016 年 8 月第 1 次印刷
ISBN 978-7-5063-9037-8
定　　价： 23.00 元

目 录

MU LU

垃圾堆里的玫瑰

在路边堆积着一个垃圾场，人们把肮脏的东西都倾倒在那儿。谁只要一走近那个地方，就可以嗅到一阵腐臭的气味。成群的苍蝇飞来飞去，几乎要撞到人们的鼻子上来。因此，凡走过那地方的人，都要比平常加快脚步，偏着脑袋走过去。

初春的时候，有一个人在那儿倾倒垃圾，那垃圾里夹杂着一段玫瑰树的树根。它被抛弃在那儿，其实它还没有枯死哩。春天真正到来了。玫瑰的顽强的生命力，使它复活了。它的根须伸进了垃圾堆下的泥土里，从根株上发出几枝小小的嫩绿的苗芽。

一天，一个老花匠走过那个垃圾场。偶尔瞥见在垃圾堆下面，长着什么东西。他停住脚步，仔细一看，发现那是一株玫瑰的苗，不禁惊叹着说：

“啊！这是怎么回事呀？垃圾堆里怎么会长着

玫瑰树？唉，它会被垃圾压死的！”

他说着，就把玫瑰苗挖了出来，带到了自己的花圃里——那里面栽着许多的花木，随后又把它种在肥沃的土壤里。

当老花匠种好了玫瑰苗以后，他就离开了花圃。在花圃里的各种花木中间，霎时起了一阵纷扰。

“这是哪来的野种，居然混到我们的队伍里来了？”两株芍药花鄙视地看了玫瑰苗一眼说。

“啊，我这里闻到一阵阵的霉臭，烂臭，这臭味一定是她带来的！我坐在她的一旁，可真倒霉！”靠近玫瑰苗的石腊红摇着头，装腔作势地说。

“我看咱们的花匠老公公简直有些老糊涂了。”茶花感慨地说。

和月季花在一起的铁梗海棠看了一看玫瑰苗，就笑嘻嘻地用枝头轻轻叩一下月季花说：

“我看她的身材面貌，一举一动，倒有些像你呢！”

“别胡说！”月季花气得红了脸说，“我告诉你！你这样开玩笑，我是要翻脸的！”

“瞧你急成什么样子！不过说句笑话罢了，就当真了！她哪能跟你比呀！”铁梗海棠笑着安慰月季花。

花圃里的花儿草儿，你一句我一句，对玫瑰嘲讽着。可怜她一句话也不敢答嘴，只低垂着脑袋，像一个受人欺侮的孩子，孤苦无告地含着满眶的泪珠儿。

但是老花匠挺公道，他对于花圃里任何的花都是一样珍惜爱护。他注意着不给虫儿去吃了花草的嫩芽，不让严霜去侵害花儿叶儿。玫瑰在这儿得到很好的照顾，得到很好的滋养，得到适度的阳光和水分，因此生长得很快，不到半年，它已经有几个有刺的枝干，有碧绿的叶子，它长得跟园里其他花木一样健康可爱。又过了二三个月，它的枝干上发出了几个殷红的苞蕾，随后这些苞蕾一个个开放了，变成一朵朵又红又香的美丽的玫瑰花。

芍药花妒忌地看着她，向丁香说：

"她算是什么！她不过是想用那些怪气味来诱惑别人罢了！"

"不过，我以为她的确是很美的很香的，至少，她比我要强得多。"老实的丁香花说着，对玫瑰花高兴地伸过自己的树枝去。

石腊红也紧紧地去挨近玫瑰花。月季眉开眼笑地向铁梗海棠说：

"你看我和她多么相像呀！她有红的花朵，香的气味，有刺的枝干，全跟我一样，她多像我的妹妹！”

铁梗海棠笑着说：

“可不是吗，我早就那么说来着。”

园里一切的花都欣羡地看着玫瑰花。

老花匠来园里料理花儿的时候，看到这盛开的美丽的玫瑰花，欢喜得满脸红光，兴冲冲地自言自语说：

“我早知道它是会有这么一天的！”

1934年

小　草

大自然之王坐在镶嵌着日月星辰的蓝色宝座上。他那金光焕发的脸上，现在遮盖着一层阴云。他在发怒。

他还有什么不满意呢？

大海献给他澎湃的音乐和汹涌的壮阔的波涛；高山献给他秀丽的山冈丘壑和无穷的宝藏；江河献给他鲜美的鱼虾和滔滔的流水；森林献给他肥硕的鲜果和百花的香气……在大地上，一切都宣布对自然之王的无限忠诚和畏惧。他们都愿意膜拜在大自然的脚下，诚惶诚恐地听取他的命令，接受他的意志……可是，出乎意料，出现了一件谁也不能想象的事：在大地上生活着的小草们，这些渺小得几乎连大自然的一口唾沫都经受不住的小东西，却忽然向全世界声称，他们只愿意为了自己而活着，不肯把礼物贡奉给大自然之王。这是一件多么使他生气的事情！

因此，大自然之王决意要讨伐这些不敬的小草，要全数歼灭他们，给所有的臣民们立下可怖的榜样，让大家知道：对大自然之王，哪怕是些微的轻慢，也会招致毁灭的灾难。

大自然之王派手下的刽子手——风，去执行他的惩罚。

秋天的第一阵风拂来的时候，小草们开始戒备起来。他们摇动身子，发出嘶嘶的喊声，把身体挤紧在一处，让力量集中起来，不让风吹折。

一条小溪缓缓地流过平原。秋天的风吹皱了它那又清又平的水面，发出一层层的涟漪——这好像是他们凄凉的笑容。

蟋蟀，那秋天的号兵，奏出挑衅的战歌。风吹得更疯狂，树叶在空中飘荡着落下来。小草们互相紧靠在一起。

“每一种东西都要活下去。所以我们也要活下去！”

“大自然之王没有权力使我们死灭！”

所有的小草都叫喊着。尽管他们每一个的声音都是微弱的，可是合在一起的时候，就成了一个使谁也感到心惊肉跳的声响。他们叫着：

“在恶势力前投降是可耻的。我们决不投降！宁愿像蚂蚁一般死去，可是决不像那无耻的轻浮的灰尘，听风的摆布！”

风咆哮着，用脚践踏小草的头，但小草们倔强地摇摆着，甩掉风的蹂躏。风怒吼着，弯下身来，想拔起草儿，然而小草们互相倚偎着，在地底下，把脚牢牢勾住。灌木们暗暗地把根伸过来，帮着把小草们的根牢牢缠住。

风狂叫狂啸，使尽了气力，最后精疲力竭，全身软瘫，却一点也不能损害他们。

风奈何不得小草。

“至高无上的光荣的主人，我不能战胜这些倔强的小草。”风沮丧地用嘶哑的声音向大自然之王回报说。

大自然之王更加生气了。他斥责了不中用的风，把他锁禁在万丈深邃的山谷里，又派霜将军去歼除这些“草寇”。

“投降吧，小草！”霜将军晓谕说，“我实在懒得动一动我的手指头哩。你们还是乖乖地归顺了吧！”

可是，小草们只轻蔑地笑了一笑。

霜将军发怒了。他发动了攻击。

当激烈的战斗发生的时候，蟋蟀——秋天的号兵，吓得钻到他们的洞里，气都不敢透一下。太阳用她的灰手帕遮了脸，觉得有些害怕。

霜用他那冷峭的寒气，冻死了许多小草，使其他的许多也都萎黄起来。

然而，小草们依然没有屈服。他们昂扬地摇摆着身子，冷笑着对霜发出嘶嘶的喊声。他们的力量已经削弱了，可是，勇气却一点也没有减少。

美丽的菊花热情地抚慰他们。她们弯下腰来吻着每一根受伤的小草。

霜奈何不得小草。

“至高无上的主人，我不能完全制服那些小家伙。他们着实有些韧劲哩。”霜惶恐地向大自然之王回报说。

大自然之王气极了。全世界都看到了他阴暗的脸色。

全世界都听到了他暴跳如雷的吼声。他命令把不中用的霜，放到烈焰冲天的火山口去，把他毁灭得骨消形散，随后又派雪将军去扫荡这些顽强的“草寇”，并且严厉地吩咐：如果不能完成任务，就别再回来见他！

雪领了命令，立刻向小草们进军。

“投降吧，小东西！宣布对至高无上的主人的忠诚吧！要不，我会立刻把你们冻成冰冷的石片一样！”雪气势汹汹地叫着。

“不！决不！宁愿死，我们决不投降！我们什么也不要，只要做自己的主人！”

小草们大声回答着。雪将军几乎气得发狂了。

当战斗开始的时候，美丽的菊花又忧愁又焦急。她自己为雪的哨军所摧残了，花瓣和叶片都枯萎卷曲了。野狗夹起了尾巴，麻雀也躲起来，在自己的窠里缩着头颈。鱼儿们在水面上铺起一层厚玻璃，恐怕雪的暴力波及他们。

然而在这时候，那黄澄澄的蜡梅却开出花来，她热情地望着小草，同情地微笑着，还努力伸出她的花枝来，想覆盖他们。

小草们再三摇摆着，甩开雪的利爪。他们暴怒着，嘶嘶地叫喊，但声音已经微弱得多了。他们的头再也仰不起来。他们的力量被雪的暴力削弱得几乎完全没有了。

小草们在战斗里完全枯萎了，可是，他们没有屈服，没有投降。他们的根还是牢牢地生存在土地下面。

雪凯旋回师，趾高气扬地向大自然之王报捷说：

“至高无上的主人啊，所有的草寇都已经被我歼灭了。托您的威望，他们是经不得我一击的！”

大自然之王高兴起来，斟了一杯百花精英的露酒给自己喝，庆幸着手下有得力的忠心的仆人。

可是，小草们没有死绝，并且，他们也永远不会死绝。

第二年春天，那些倔强的小草们复活了。他们从坚硬的泥土下顶出头来。他们又发芽了。

瞧，漫山遍野，哪儿都是小草！他们比先前的更健康更有力了。他们是那么的快乐，那么的鲜嫩！他们坚强地挺起胸脯，沐浴在灿烂的温暖的阳光底下，呼吸着自由的清新的空气，向大自然之王轻蔑地哂笑着。

1935年9月

两只织布娘

两只织布娘在一根扁豆藤上玩儿。一只有长长的触须，另一只的触须很短。她们一会儿唱歌，一会儿跳跃，玩得高兴极了。

忽然近处起了一阵脚步声。短须的织布娘吃惊起来，喊道：

“危险！有人来了！”

长须的笑道：

“你怎么这样胆小，这儿多好玩儿，再玩会儿吧！”

过了一会儿，那脚步声更逼近了。一个小孩，手里拿着个小小的网，轻手轻脚地走来。他踮起脚来，把网敏捷地罩住了两只织布娘。

那小孩兴高采烈地把她们装在一只厚纸盒里，带回家去。

两只织布娘在纸盒里叹着气。

“叫你快走，你为什么不听？”短须的织布娘抱怨着。

长须的织布娘没有说话，把头旋过去，用牙齿整理她的触须，过了一会儿，她说：

“有什么办法呢？咱们自己运道不好，不能单怪我呀。”

盒子的盖打开了。那小孩放进了两颗新鲜、嫩绿的豆子。

长须的织布娘心想：倘使我什么事情都依从他，那他也许会给我自由。

她振着翅，打起精神，沙沙沙地唱起歌来。那小孩见了，高兴得拍起手来。

这时候，那短须的织布娘却不动声色，趁那孩子注意着长须的当儿，把腿一顿，扑着翅膀往外面就飞。她飞到外面了。那小孩急忙放好盒盖，蹲身又捉住了她，重新放在盒子里。

那长须的织布娘只是叹气。她费了这么多的精神，唱歌奉承那小孩，可是那小孩却一点也不感动，仍旧把她关在盒子里！

短须的一声也不响。她爬到豆子旁，用牙齿啃着吃。过了一会儿，她望着长须的织布娘说：

“朋友，你不吃一些吗？”

长须的织布娘沮丧地摇着头。

“我看你还是吃一些吧。让肚子饿瘪了，并没有好处的。”短须的织布娘又说。

“我吃不下，”长须的织布娘忧愁地说，“我以后也不准备吃了。在囚笼里活着还不如死了好！”

“可是难道你不吃东西，人家就会可怜你，放你出去吗？”短须的织布娘说，“谁不要自由呢？自由不会自己来的，要靠我们自己争取！把这牢笼打破吧，这样我们就都有救了。”

长须的织布娘摇头说：

“别白费气力吧！这墙壁是很厚很坚固的。我们就是掘上一年，怕也不能在墙上弄一个洞吧？”

所以，她仍旧忧愁得很，一点东西也不吃。

那短须的却拼命地工作着，用她的牙齿啃着厚纸盒。纸屑一点一点落下来，纸盒的一边，显出一个小小的凹陷来了。

过了一天，长须的织布娘已经饿得路都不能走了。但是她还是呆呆地坐着，心里想：也许人家看到我这可怜样儿，会放了我。

那短须的却不停地啃着纸盒，饿了的时候，就咬一口豆子。虽然纸壁很厚，可是到底给她啃出一个小洞来了。当一线光明由小洞里透进来时，她快活得跳起来，于是更加努力地啃着，直到那小洞大得足够她钻出去。

临走，短须的织布娘看了看那一同受难的伴侣，希望她还能跟自己一同逃出囚笼。可是长须的僵卧在盒子里，眼睛迟滞地望着小洞，身子却已经不能动弹了。

1935年

装甲的乌龟

据说乌龟本来是没有甲壳的。现在他身上驮着的甲壳是怎样得来的呢？我可以告诉你一个很可笑的故事。

有一天，乌龟家族集合在一条小河的河滩上。他们又肥又胖又软又扁的身子，在沙土上痴痴地移动。其中有一个乌龟老族长，用懒洋洋的声调发言道：

“我现在宣布开会。”他把脑袋慢慢抬起，那光秃秃的头顶看起来并不发亮，却有一些晦气。可以知道他此刻是很忧愁和悲伤的，“我们族里，有许多的乌龟被虎、豹、豺、狼、狐狸和狗獾们捉去吃了。要是我们不商量出一个对付的办法，我的孩子们呀，只怕我们龟族就要全部灭亡了，世界上也将永远没有乌龟这一个光荣的名字了！”

一个尖头的乌龟问：

“但是我们到底该怎样来救自己呢？”

所有的乌龟全都呆呆地昂起了脑袋，露出深思的神色，不动也不作声。这问题，在它们中间谁也不能答复。

“让我去请教聪明人吧！”老族长叹口气说，“为了我们的生存，我们必须去恳求他们帮助我们解答这问题。”

这时候，刚巧有一只蜜蜂飞过，乌龟们立刻就请教他：

“蜜蜂君，我们受尽了虎、豹、豺、狼、狐狸、狗獾他们的欺侮，这种日子简直过不下去了！求你给我们想一个办法好不好？”

“这个吗？”蜜蜂停在河畔的一株紫云英上面，一边采蜜，一边转过大圆眼睛来说，“让我想想看……哦，我看你们还是学我的样儿，在屁股上装上一根毒枪，要是敌人侵犯你的时候，就可以立刻要了他的命！”

乌龟们听了蜜蜂的建议，立刻叽叽咕咕地议论起来。

“这如何行得？”一只绿毛乌龟说，“如果我们学了蜜蜂君的样儿，在屁股上装了毒枪，那会变成个什么样儿啊？何况，我们乌龟是有名的和平的家族，我们要武器来做什么？”

“但是，好心肠的乌龟先生们啊，”蜜蜂嗡嗡地叹气说，“你们必须知道：要逃出虎豹豺狼他们的馋嘴，就必须有锐利的防卫的武器。——因为最好的防御就是给侵犯的敌人致命的打击！如果你没有使敌人胆寒的武器，又怎能得到生命安全的保障呢？”

“这样的忠告，对于和平为怀的我们乌龟族是不适合的。”老族长下结论说，“我们很感谢蜜蜂君善意的建议，不过让我们以后再考虑吧！”

“那么，再会了！”蜜蜂点点头，“嘤”的一声飞去了。

乌龟们送走了这有危险性的小昆虫之后，重新又叽叽咕咕地展开了讨论。

“哈呀！”一只癞头乌龟喊道，“这儿来了田螺君，让我们来问问他的意见吧！”

“好呀！”大家说。

那温文尔雅的田螺在沙滩上慢慢、慢慢地移过来，整个乌龟家族把这个客人包围起来。

“田螺君，你来得正好！”老族长说，“你能不能给我们一个中肯的忠告？因为我们现在遭遇了一个绝顶的难题。我们在讨论怎样抵御虎、豹、豺、狼、狐狸、狗獾他们的袭击。”

“这我如何知道！”谦逊的田螺把他的触角撞着沙砾说，“不过承你下问，我不敢不竭诚贡献我的意见。如果我说得不错，我以为最好的防御，应当像我这样有一个坚固的甲壳。有了这道坚固的‘防线’，敌人就无法来侵犯了！”

说着这话的时候，田螺略略转动他的身体，卖弄地炫耀了一下他那坚牢的壳。

“这是何等卓越的见解呀！”老族长拍着脚叹赏着说，“如果我们有了这样坚硬的甲胄，那一定庄严雄伟得了不得！”

“我们可以躺在我们的甲胄里，即使天坍也不用怕！”龟子们表示赞同说。

“只有在饥饿的时候，我们才把脑袋伸出来一会儿。”龟孙们附和说。

“而且，虎、豹、豺、狼、狐狸、狗獾他们，以后只好垂头丧气地看看我们了。”老族长眉开眼笑地说，“他们就是咽下一肚子的唾涎，也莫想尝到我们一块肉！”

就这么着，乌龟族长负责接受了这一个建议。从此以后，乌龟们全身披挂了甲胄，只是手里却什么武器也没有。

你只要看一看他们尽躺在泥沟里，躺得那么舒

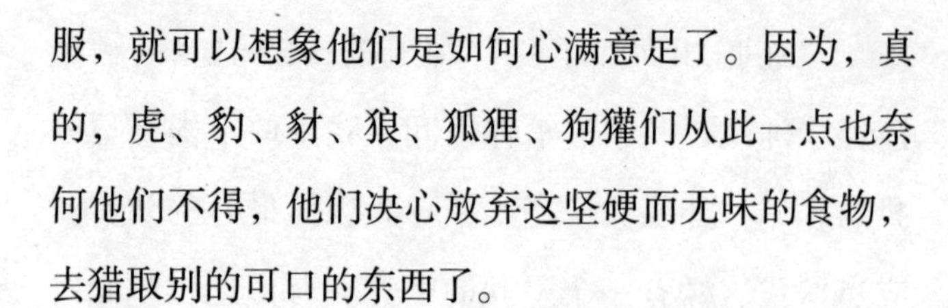

服，就可以想象他们是如何心满意足了。因为，真的，虎、豹、豺、狼、狐狸、狗獾们从此一点也奈何他们不得，他们决心放弃这坚硬而无味的食物，去猎取别的可口的东西了。

有了甲胄的乌龟的好日子过了不知多少年。他们的老族长已经过世了。新的龟子龟孙们繁衍得很多。不过他们的头越来越小，因为他们从来不思索，只要躺在泥沟里过日子就得了。

有一天，乌龟们遇到了新的敌人。他们用两只后脚走路，用前脚把乌龟们一只一只捡起来，丢在陶瓮里。乌龟们照例缩进了他们的壳里，有的还在壳里打着瞌睡。可是，不久给一阵剧痛刺醒了。伸出头来一看：原来那两脚走路的东西，正在用前脚拿着一个薄片，斫进甲壳的缝隙里去。乌龟的鲜血溢出了壳外，四脚痉挛地挣扎，甲壳逐渐分开。终于，他们的肉做了敌人的午餐。

以后，有了甲壳的乌龟天天失踪。河边发现许多空的龟壳。他们重新陷入恐慌中了。甲壳对他们没有帮助了。

1944年

龟老大的故事

一只名叫老大的乌龟，在泥沼里爬着。他在泥沼里并不过得挺舒服，可是他很满足，因为他常常这么想：

“人家都尊敬我，因为我们乌龟族有那么久的历史，而且，我们的祖宗是世界闻名的赛跑家，在一次赛跑中，他曾经轻易地胜过一只兔子！”

这时候，有一只名叫白皮的兔子，一跳一跳地正走过他的身边。

“喂，龟老大，你好？”兔白皮招呼着。

一看是兔子招呼他，龟老大格外自得起来。

“我有什么不好！自从我们的祖宗跑赢了你们兔族的祖宗以后，我们龟族的任何一个都是很好地过活着的。”

兔白皮被这无礼的回答气白了脸。

“可别这么随便说话呀！”兔白皮嚷着，“你们乌龟不过侥幸赢了我们的祖宗。这是十分偶然的事！但是现在，就是我那在吃奶的孩子，你也胜不过他呀！”

“笑话！”龟老大喊着，“我们龟族曾经有过那么光荣的历史，这种光荣，你们庸俗的兔子连做梦都做不到的。几千年前，卓越的历史家给我们记下一些值得赞美的史迹，因此我们龟族至今还使人家肃然起敬。我看，要是你有幸是只乌龟，那你为了这种光荣，恐怕会欢喜得流眼泪哪！”

兔白皮冷笑说：

“说疯话有什么意思呢？有本领敢和我比赛一下吗？”

“比赛？”龟老大放纵地笑着，“这有什么不敢！只是叫你们兔族徒然再出丑一次罢了！老实说，假使你真个敢和我赛跑，凭着我祖先的先荣，即使我一步一步地踱过去，也一定会把你老远地甩在后面！”

这么着，一次新的龟兔赛跑举行了。

乌龟们簇拥着这位乌龟英雄，给他祝福，因为他将为龟族创下新的光荣。他从泥泞的池沼里爬出来，艰难地移动他那笨拙的身体，到那约定的比赛地点去。

在一个山坡底下，他和兔白皮遇到了。在那儿他们有一个公证人，叫作现实老头。

现实老头是一个表情很严肃的家伙，他站在一面发布号令的旗子下面。

“你准备好了吗？”龟老大轻蔑地问兔白皮。

兔白皮还没有回答，现实老头却铁青了脸对龟老大说：

“别问人家，但问你自己准备好了没有？”

“我们龟族有几千年光辉的历史，”龟老大嗫嚅地应着，“而且我们的祖先曾经……”

“预备！一！二！三！”现实老头把旗子招展了一下，竞赛就开始了。龟老大和兔白皮一齐发出了脚步。

当兔白皮箭也似的蹿上山巅时，龟老大刚拔腿爬了第三步。大约在一个钟头之后，龟老大才气急败坏地爬到了那儿，刚想问兔白皮说“你也刚到吗”的时候，那公证人现实老头却用那冷酷无情的声音宣布说：

“现在我宣布：这一次龟兔赛跑，兔白皮获得大胜！乌龟惨败！”

兔白皮坐在灿烂的野花丛里，他对龟老大笑了一笑。

龟老大昂起他那平坦而文雅的头，向现实老头和兔白皮鄙夷不屑地看了一眼，心里在咕噜着：

“哼！这也值得那么高兴？让你们去得意忘形吧！一个真正大量的乌龟，何必为一时的小得失耿耿于怀？我们龟族有几千年光辉的历史，而我们的祖先曾经胜过了一只兔子！”

1946年

鸡毛小不点儿

一　鸡毛有鸡毛的故事

关于鸡毛的故事，世界上还没有谁谈起过。因为鸡毛们太小，太轻微，所以大家认为它们是不值得一谈的。

但是，到底鸡毛们是不是也有一些值得我们听一听的故事呢？

有的。真个有的。关于鸡毛们的故事，其实也很多，就跟我们人类的故事一样多哩。下面就是一本讲鸡毛的书里的第一个小鸡毛的故事。

现在请听吧。

二　尾巴毛和脖颈毛吵架

有一根鸡毛，名字叫作小不点儿。因为它很瘦小，而且身上有小小的斑点。它和别的许多鸡毛住在一起，——住在一只花公鸡的身上。

这花公鸡有许许多多的鸡毛，多得像你的头发那么多。这公鸡很看重它的鸡毛，因为它们长得特别漂亮。不要说在阳光下，就是在天气不很好的时候，也可以看到它们耀眼的光彩，真是谁见了都喜爱。特别是有些母鸡，为了这花公鸡的出色的鸡毛，就表示愿意做它的朋友。甚至有些不长进的公鸡，居然对这花公鸡还很妒忌哩。嘿，它们有时候就故意跟它寻事打架，用尖尖的喙来啄下它几根鸡毛。在那样的时候，这花公鸡也总是拼命和它们干一仗，为了保护这些漂亮的鸡毛，它是什么也不会顾惜的。

不过，要说到这小不点儿，却并不是被花公鸡最看重的鸡毛。实在说来，它是鸡毛中间最不惹人注意的一根，——它全身扁扁的，就像一棵小小的扁柏，不过，它并不是绿色的，左右都装饰着红中泛绿、有斑点的绒毛。它的身子又坚韧又柔软。本来这样的身段也不算太不体面，只是它和别的鸡毛，特别是当它和那些珍贵的漂亮的鸡毛们比起来，就显得个儿太矮小了一点，色彩太平淡了一点。

小不点儿只有一条腿。不过，它并不为了这件事情难过。因为：第一，虽然是独腿，可是它还相当漂亮，在独腿的周围长着一撮雪白的绒毛，围成一个小球球，好像姑娘的围裙一样；第二，世界上不论哪一根鸡毛都是独腿的，要是小不点儿有两条腿的话，就会变得奇形怪状，所有的鸡毛见了，反而都要笑它了。

鸡毛小不点儿虽然相貌平常，可是，有许多小鸡毛却都很尊敬它，因为它很谦虚，总是老老实实地坐在它该坐的地方，——那就是说，它一直坐在这花公鸡的背脊上。要知道，并不是所有的鸡毛都是很谦虚，很老实的。特别是那些了不起的鸡毛（就是为花公鸡所看重，为母鸡们所羡慕的鸡毛），它们自以为与众不同，出人头地，所以对谁都很骄傲。

有一天，在鸡毛们中间，就发生了一次很厉害的争吵。事情是这样的：

那天，花公鸡正在菜园里散步，有三只漂亮的母鸡跟它在一起。这花公鸡摆动它那出色的尾巴毛，用最大方的步子踱来踱去。它的鸡冠像一顶庄严的王冕。这样看来，就算它不像一个国王，起码也像一个满身披甲的大将军。它猛然抖擞精神，高声啼叫，这声音又清脆，又响亮，满园子里都震荡着这美妙的声音，使母鸡们禁不住斜着眼，欢欢喜喜地看着它，还咯咯咯地用温柔的叫声招呼它。

就在这公鸡啼叫的时候，脖颈上的那些鸡毛，就像雨伞那样张开来，用鸡毛的语言大声说：

“大家看，这样好的‘金嗓子’就是我们脖颈毛保护着的！”

别的鸡毛还来不及作声，一根名叫毛大话的尾巴毛就忍不住嚷起来：

“哼，可是你们看看我们吧！我们是出色的舞蹈家。花公鸡最喜爱的，就是我们这些尾巴毛！”

在它们中间，有一根最美丽的尾巴毛，它浑身蓝中透绿，红中发黄，金光闪闪。它是所有骄傲的尾巴毛中间最骄傲的。它高高撅在花公鸡的屁股上，甚至撅得比鸡冠还高。它向来自命为所有鸡毛中最漂亮、最有才能的。

的确，它因为长得特别体面，加上跳舞又跳得那么出色，所以得到一个很高贵的名字，叫作孔雀。它为了炫耀自己，就轻轻摆动着身体，那优美的姿态就像柔软的柳丝在春风中舞蹈一样。它用一种傲慢的口气，慢悠悠地对别的尾巴毛说：

“跟这些脖颈毛有什么可说呢！它们都是些空谈家，实际什么能耐也没有！咱们尾巴毛可不能那样！”

脖颈毛听了这些话，顿时气得从花公鸡的脖子上直竖起来。它们中间有一根特别有才能的鸡毛，它是因为能说会道而出名的，所以鸡毛们送了它一个绰号，叫溜溜转。现在它挺身而出，代表所有的脖颈毛，用最恶毒的话来骂着：

“嘿，你们这些尾巴毛！居然敢轻视我们！要知道我们都是重要的脖颈毛！我们住在脖颈上，而脖颈是和公鸡脑袋在一起的，因此我们是重要的，几乎和脑袋一样重要！没有我们，脖颈就会着凉，我们亲爱的花公鸡就不能唱出最美妙的歌声来！可是，你们算什么呢？你们只是些下流的尾巴毛！只会扭扭腰肢！你们却自高自大，自以为是了不起的舞蹈家！真不害臊！你们没有想一想，为什么别的鸡毛都不愿意跟你们一起住在花公鸡的屁股上呢？”

“哈哈哈哈！真的啊！谁愿意和它们一起住在花公鸡屁股上呢！”脖颈毛们都因为它们的伙伴溜溜转那么尖刻地嘲笑了尾巴毛，所以得意地笑嚷起来。

这回，轮到尾巴毛们大大地生气了。它们气得脸上发青。孔雀虽然很有修养，可是也不禁气得发抖了。它高高地把脑袋抬起来，抬得比鸡冠高过一寸，这样就格外显出它那不可侵犯的神气。它对别的尾巴毛说：

“不要跟这些流氓说话！我们的才能和贡献，用不到脖颈毛来夸奖！谁有眼睛谁就能看到！……哼，来吧！长脚，那著名的诗人为我们作的那首诗，怎么说来着？你念一遍吧！”

孔雀所说的那首诗，是全世界尾巴毛都知道的。据尾巴毛们自己说，这是一位有名的大诗人为它们作的。不过，别的鸡毛也许为了妒忌，也许事实也的确这样，它们却说这首诗其实是一根无聊的尾巴毛自己编的。

我们且不管这些，先听一听长脚的朗诵吧。要知道长脚是尾巴毛中间最杰出的朗诵家呢。现在，你看它充满着感情，用颤巍巍的声音念道：

啊，你们！
你们光荣的金鸡的尾巴毛！
没有你们美丽的色彩，
世界怎么能这样可爱？
没有你们优美的舞姿，
公鸡的歌声怎么能这样嘹亮？

啊，你们是世界上最光荣，最……

可是不等长脚把这首诗朗诵完毕，脖颈毛们就大声谩骂起来：

“不要脸！真不要脸！公鸡歌唱得好，那是全靠我们，跟你们有什么相干？”

于是，不论尾巴毛还是脖颈毛，都闹成了一团。它们谁也不肯先住嘴，幸亏它们到底还是有教养的，都严格按照着鸡毛的规矩：脚踏原处，一步也没移动，只是指指点点乱骂一气罢了。它们吵骂得那么厉害，使得在它们两方之间的鸡毛们，——就是在花公鸡背脊上的那些鸡毛们，觉得还是不要开口，免得把自己牵涉到纠纷中间去。

我们的小不点儿也是这些小鸡毛中的一根。它起初也不想作声。不过它到底是心直口快的，看见双方吵个没完，而且还越吵越厉害，就忍不住劝解说：

“大哥大姐们，你们平平气吧！都是一家人嘛，那么吵，为了什么了不起的事呢？”

不料，脖颈毛和尾巴毛都正在火头上，加上平时又一向看不起小鸡毛，所以见它出来说话，就不但不听，反而把怒气发到它身上去了。

其中脖颈毛溜溜转最刻薄，它冷笑着说：

“嘿，你这小不点儿，居然也来管我们啦！还早着哩，等你爬到公鸡脖子上的时候，再开口吧！”

小不点儿抽了口冷气，一句话也没有回嘴，眼看它们继续吵着。幸亏这时候又发生了一件大事，原来菜园子里又走来了一只黄公鸡。它向那花公鸡跑去。两只公鸡碰到一起，就像鸡毛们一样，也吵起来。不，它们不光是吵嘴，而且还打架哩。它们都伸出脖子，低着脑袋，互相跳起来啄着，花公鸡退三步，黄公鸡就进三步；花公鸡进三步，黄公鸡就退三步，它们互不相让地打着。母鸡们都在一旁安闲地修饰自己的羽毛，她们一点也不惊慌，彼此还交换着眼色，好像在说：

它们真是公鸡呀，公鸡就是这样的！

这时候，脖颈毛和尾巴毛们再也没有工夫吵架了。脖颈毛们耀武扬威地抖着，替花公鸡助威，让花公鸡的脖子蓬松得又粗又大；尾巴毛们也雄赳赳地翘得更高，使花公鸡显得格外威武。

可是，没有多少时候，这花公鸡给对方结结实实地啄了几下，它的脖颈毛也给啄去两根，撒在地上。花公鸡垂着翅膀，倒拖着尾巴毛，撇下母鸡们逃走了。所有脖颈毛们，也不声不响地伏在花公鸡的脖子上，再也不乱摆动，再也不吭声了。

就这样，鸡毛的这场吵架自动结束了。

三　小疙瘩的烦恼

那天晚上，当一切都睡着了的时候，鸡毛小不点儿在暗中忽然听见身旁有谁在轻轻叹了口气。它一听这声音，就知道这是另一根背脊上的鸡毛小疙瘩。这小疙瘩得到这个名字，是因为它卷曲得很厉害，有点像一个疙瘩。不过最主要的，还是因为它的性格比较特别，它喜欢发牢骚，简直对什么都有意见。小不点儿和它从小就在一块儿，最知道它的脾气，当然，它们也是很好的朋友，虽然脾气不一样。

现在，小不点儿轻轻向它说：

"小疙瘩，你还没睡吗？干吗叹气呀？"

"我说啊，小不点儿，在这儿我实在过不惯！"小疙瘩又低声长叹了一口气，"它们这些家伙我都看不入眼！你说，我们不一样都是鸡毛吗？在一只公鸡身上当一根鸡毛，又有什么了不起！可是它们整天大吹大擂的，好像它们是全世界最了不起的人物！哼，多么无聊！”

小不点儿知道小疙瘩所说的“它们”，就是指那些脖颈毛和尾巴毛，就说：

“它们是太骄傲了一点。这是它们的缺点。不过我以为你也不能太小看自己的工作。咱们的工作也是很有意思的呀。”

“有什么意思！所有的鸡毛的生活都是无聊的！难道我们到世界上来，就为了帮公鸡打扮打扮吗？我们只成了无聊的装饰品。我们的生活真空虚，空虚，太空虚了！一点意义也没有！”小疙瘩把自己的眉毛也卷得像疙瘩了，“可是它们还是那么得意扬扬，真不害臊！我，只想最好早一点离开这儿，去做一点更有意义的工作！”

小不点儿紧紧拉住小疙瘩的手说：

“要能做更有意义的工作，当然很好哇。可是，小疙瘩，现在的工作也很重要哩。我以为，我们决不光是公鸡的装饰品。你想想吧，当一只公鸡，在黎明前用嘹亮的声音把全世界叫醒的时候，它是多么重要呀！可是，世界上能有一只公鸡没有鸡毛吗？不能！如果没有鸡毛，也就没有歌声！你看，我们对一只公鸡多么有用呀！这就是我们工作的意义！”

“哼……可是，我们一辈子头也不抬地伏在公鸡背上，谁也不知道我们，甚至连脖颈毛和尾巴毛都瞧不起我们！你忘了白天它们怎样讥笑你来着？”小疙瘩愤愤不平地说。

“不要生气，小疙瘩！”小不点儿说，“我们工作不是为了让人家知道呀。再说，我们的确是一些极普通的鸡毛，舞跳得不好，又不能在公鸡打架和唱歌的时候助威，不能像‘它们’那样做一些更重要的工作……不过，我们可总是一根鸡毛啊。我们坐在这儿，跟所有的鸡毛在一起，给公鸡合成一件最漂亮、最合身的衣服，让它过得很暖和很舒适，让它可以安心地唱歌，唱得更好；安心地打仗，打得更勇敢。一根小鸡毛应该做的工作我们都做了，做得不比别的鸡毛差，我们自己没有什么惭愧的。如果它们要讥笑，让它们去笑吧！”

“唉，小不点儿，你太老实了！这样会吃亏的！人家可不像你那样想哩，它们老想着欺负我们！”

“不要那样想吧，小疙瘩，只要我们的确工作得很好，在世界上我们就不是多余的。”小不点儿笑笑说，“快睡吧，别再胡思乱想了！”

小疙瘩不再作声了。可是它仍然没睡着。它觉得小不点儿的话虽然也有道理，可是无论如何，要是能换一个环境，去做一番轰轰烈烈的事业，总要比现在有出息得多。

小不点儿也暂时没有睡着。它回想着白天的事情。为什么那些脖颈毛和尾巴毛这样看不起它呢？不，它们看不起背脊上所有的小鸡毛们。

“一定是我们工作得还不够好。我们自己应该检查一下。至于我自己，以后要更加努力，更加安心地工作，并且要更加谦虚，不能像它们那样。”

四　鸡毛们在鸡毛掸子上安家

如果事情没有什么变化，那么鸡毛的故事也许就此完了。可是，现在却发生了一件天翻地覆的大事（起码对鸡毛们说来是这样的）。那就是——真是谁也没有料到！——第二天那只花公鸡丢下了一堆鸡毛失踪了！这对鸡毛们是一个极沉重的打击。花公鸡是怎样失踪的呢？我们最好还是不提吧，因为只要一提到这件事，所有的鸡毛们就激动得浑身颤抖。

它们现在挤在一块儿，大家乱糟糟的。我们的小不点儿当然也在里面。

“我们以后怎么办呢？”许多鸡毛没有了主意。

那高贵的孔雀想把脑袋抬起来，而且要抬得比谁都高，可是它办不到，因为它这阵跟别的鸡毛一起横七竖八地躺在地上，它的身子给别的鸡毛压着，连动弹一下都不成。此刻它心里也有些发愁，不过它还是想维持自己的尊严，用一种很自信的口气说道：

“瞧！你们真是些鸡毛！叽叽喳喳地尽乱嘀咕！闭上嘴静静等着吧！自然有人会来找我们啊。有才能的哪怕没人来请教啊！”

所有的尾巴毛和脖颈毛，现在暂时没有隔阂了，因为它们现在都凑在一块儿，它们都在讨论着事情到底会变成什么样。就是那比较刻薄的脖颈毛溜溜转，现在也和气得多了。它跟随便哪一根尾巴毛忽然都很亲近起来，好像它们从来是真正的亲兄弟姊妹一样。

“真是，乱嚷嚷些什么呢？谁管用谁不管用，有眼睛的人自然都会看到的，还怕没有去的地方吗？”溜溜转对孔雀的话表示完全同意。

“我以为要是请我们到人们的帽子上去当珍贵的装饰，那一定是很合适的！我们长得又漂亮，又大方，不像那些小鸡毛既不中看，又不中用。”尾巴毛大话恢复了信心，开始又骄傲起来。它在说这几句话的时候显出了得意扬扬的样子，似乎已经有谁宣布请它去担任这光荣的职务去了。

脖颈毛们虽然暂时不想跟尾巴毛争论，可是觉得在这样的时候，尾巴毛都在十分有把握地谈到它们的出路，要是不稍微提一下自己，那未免失掉体面。所以有一根脖颈毛就表白说：

“我们脖颈毛的颜色是很漂亮的，而且小巧玲珑，我们还有保护嗓子的功用，人家都知道……”

“世界上所有的歌唱家都会想到我们。要是我们和他们在一起，他们就会高兴。”溜溜转热心地插嘴说，不过它避免说一些使尾巴毛生气的话，因为它此刻非常不愿意说几句刻薄的话来让别人受不住。它觉得这样才聪明。

那些平凡的小鸡毛，包括公鸡背上的鸡毛在内，在鸡毛很多的地方照例没有发表什么意见。虽然它们心里也有些发愁，可是只在心里转念头。鸡毛小不点儿也没有说话。只有那小疙瘩这时却显得非常兴奋，它兴高采烈地对小不点儿说：

“现在咱们要开始新生活了！我决定以后要做出一番大事业，让谁都看到我！小不点儿，你也有希望，咱们一起努力吧！”

小不点儿轻声说：

“小疙瘩，说心里话，我现在是又兴奋，又害怕。兴奋的是我就要开始一种完全新的生活；害怕的是像我这样一根普通的鸡毛，一点长处也没有，怕不能做好工作。”

“嗐！你想那些做什么！”小疙瘩精神抖擞地笑着说，“我们要有勇气，要有信心！”

“你说得对，小疙瘩，我自己也这样想，要有信心，要有毅力，可是，心里却又禁不住发愁。”小不点儿说。

当鸡毛们正在议论纷纷的时候，忽然有一个人走来，把鸡毛们捡进一个竹筐。在这竹筐里面，还有许多别的鸡毛。

不久，鸡毛们又一起被带到一个陌生的地方。

在那地方坐着一些工人，他们穿着白色的套衫，戴着洁白的口罩。他们把鸡毛捡起来，用一根根又长又细的麻线，把鸡毛一层一层绑到直直的细竹竿上去。原来这儿是一个做鸡毛掸子的作坊。

一个年轻的工人，一面轻轻哼着歌，一面做着掸子。他一把抓了许多鸡毛，放在他的脚跟前，这些鸡毛里面有我们的小不点儿。

“他要把我放到哪儿去呀？”小不点儿想，一面注意着那年轻人的手。

那真是一双灵巧的手!

那真是一双可爱的手!

经过那一双手，长长的麻线把鸡毛牢牢地缚在竹竿上。麻线在竹竿上绕着圈儿，从顶上绕到竹竿的中腰，鸡毛也就跟着麻线，牢牢地坐在竹竿上，就像它们是天然生在竹竿上似的。小不点儿跟着也坐在竹竿上了。

小不点儿满怀感激和敬意，目不转睛地看着这个年轻的工人。只见他喜滋滋地对旁边一个老工人说：

“大叔，我又快完成一个了。”

那老工人鼻尖上架着个老花眼镜，从眼镜玻璃的上面看着年轻的工人，用爱惜的口气说：

“小伙子，手脚真利落！可是，也不能太着忙，要不，容易手酸，眼睛花。”

“我知道，”小伙子调皮地眨着眼说，“您又该说啦，从前您跟掌柜的干活，干得头昏眼花，掌柜的连个口罩也不给，鼻子眼里全是鸡毛，咳嗽咳得直不起腰……可是，现在咱们不是给掌柜的干活，是给自己的合作社干活。咱们工作也轻松了，没多半天就能休息一阵，我的活虽然干得快，可是一点也不累，我能够给人们多做出一些东西，心里多痛快呀！”

他说着，又低声哼起歌儿来。

“那倒是实话，”老头儿承认说，“连我这把老骨头也比以前强直得多了！”说着，他又低头干自己的活了。

小不点儿听到他们愉快的谈话，不觉心里也高兴起来。这时，它又从明晃晃的玻璃窗上，看见自己和许多鸡毛在一起，密密层层地住在大半根掸子上。它自己在那些鸡毛中间，那位置就像它从前在花公鸡的背上正中那样。那掸子现在看去，就像一棵大大的狗尾巴草，上面大，下面小，可比狗尾巴草漂亮百倍。

所有以前在花公鸡身上的那些鸡毛，差不多都在这掸子上。——另外还有一部分别的公鸡的鸡毛。不过，现在鸡毛们的地位有了很大的改变：原先在公鸡屁股上的尾巴毛，高高地坐在掸子的顶上，它们聚在一起，看去就像装腔作势的艺术家脑袋上的蓬松头发。至于那些重要的脖颈毛呢，现在却绝大多数排在鸡毛队伍的最下层。

孔雀从高高的地方，往下看着说：

“我不是说过吗？有才能的人是不会给埋没

的，人家让我们坐在这最高的地方，这证明人家到底有眼力。”

它说着，得意得忍不住要笑，只是因为想到自己现在是在高高的地位上，更需要维持尊严，才没有在大家面前放肆地笑出声来。

别的尾巴毛听了它的话，就立刻附和说：

“可不是！我们是鸡毛中间最重要的鸡毛呀！”

长脚高兴得把脑袋乱点，忍不住又朗诵起那首有名的诗来：

啊，你们！
你们光荣的金鸡的尾巴毛！
没有你们……

“不，停住！停住！”忽然孔雀严厉地摇摇头说，“这首诗应该马上修改！这里面有错误！”

“有错误！什么错误？”长脚和几根尾巴毛都诧异地问。

孔雀用那非常精明干练的口气说道：

“你们真幼稚呀！你们想，‘尾巴毛尾巴毛’的，现在谁是尾巴毛啊？应该有一个确切的称号，正正当当地按咱们现在的地位来称呼。咱们是这个小小的鸡毛掸子上的头面人物啊！”

所有的尾巴毛们不由得齐声赞同。

“对极了！对极了！适当一点，我们现在该称作‘头面毛’！”有一根尾巴毛说。

“不，这个名字太不高雅了！我建议叫‘光荣毛’！”另一根尾巴毛说。

孔雀赞许地说，它同意今后把尾巴毛改叫光荣毛，因为“光荣毛”这个名称比“尾巴毛”高尚风雅，至于比“脖颈毛”这个名称，就更加好得不能比了。

于是，所有的尾巴毛都齐声欢呼，它们高兴得点头摆脑，满脸闪闪发光。

现在脖颈毛们完全泄气了。它们在鸡毛掸子的下部耷拉着脑袋。有几根脖颈毛还不甘心丧失体面，竭力想替自己吹嘘一下，可是一下又实在想不出适当的话来。

正在这时，只见那一簇高傲的尾巴毛下面，微微露出一根尖尖的鸡毛，这纯粹是一根脖颈毛。这根脖颈毛不是别的，就是那能说会道的溜溜转。——原来有少数脖颈毛紧挨着尾巴毛，溜溜转就是少数幸运儿中间的一根。在鸡毛掸子下层的那些脖颈毛们看见了溜溜转就高兴极了，它们私自议论说：

“好了！原来溜溜转在这儿呢！他一定会帮大家说一说，给咱们脖颈毛们争一口气！”

溜溜转仰着脸，含笑向上面的尾巴毛打了个招呼，然后它果然发言了。它大声说：

“我说，你们叫‘光荣毛’是最确切的。你们的确与众不同，长得又大方又漂亮，你们能够得到今天的地位，不是偶然的。我真高兴，能够给放在上面，紧靠着你们，这可以看出，人们对我们都是抱着很大期望的。……哈，咱们都是头面人物，以后得好好团结合作啊！”

这一番完全出乎意料的话，使得脖颈毛们气得脸色也变了。也亏得这样，它们再也不想和尾巴毛们吵嘴了。

五　小不点儿的第一次冒险

那年轻工人，把最后一层鸡毛的腿上卷好了黑色的胶布，于是整个掸子完工了。他把这根鸡毛掸子和别的掸子放在一起。在整个作坊里，鸡毛掸子到处插得像小松树林一般。

不久，小不点儿的那根鸡毛掸子和别的掸子，给带到一个商店。这个商店是专门卖杂货的。

有一天，一个年轻的妇女买了小不点儿这根鸡毛掸子，带到自己的家里。

这个妇女是一个纺织工人。她的卧室很干净整齐，床上的被单雪白，枕头上绣着彩色的花草和鸟儿，像真的一样。床旁有一个五屉柜，上面放着一座发亮的时钟和一个精致的大肚子花瓶。雪白的墙上挂着一张彩色照片——那健康的脸上挂着微笑的就是这个女工，和她肩挨肩的就是她的丈夫。他们才结婚不久。

小不点儿正在想：她要让我们帮她做些什么事呢？忽然听见掸子顶上的尾巴毛们在议论着：

“我看她一定要把我们插在这个花瓶里。”这是长脚在猜测着。

“那还用说！”这是孔雀在说话，“如果她不把我们放在她房间里，那么这里就会缺少一样顶重要的东西。”

“她到底是个很聪明的人，不然，哪会想得那么周到啊？”溜溜转毫不迟疑地附和说。

正在这议论纷纷的时候，忽然，那女工拿起了鸡毛掸子。可是她并不把它插进花瓶里去，却用它在窗台上和床栏上掸着灰尘，使窗台和床栏杆更加光亮干净。

鸡毛掸子顶上的尾巴毛们，一下都像挨了打似的叫嚷起来。

孔雀的脸上沾满了灰尘，它气得声音发抖了：

“这女人打的是什么主意呀！她竟让我们干这种低三下四的脏活！她糟蹋了我们！打扫灰尘的事，是该让抹布和扫帚们干的，可是，她竟让我们这样高贵的‘光荣毛’来做！我们要抗议她这种不尊重‘光荣毛’的恶劣行为！”

所有的尾巴毛们都七嘴八舌地抱怨女主人不尊重人才，因为它们认为：尾巴毛们是优秀的艺术家，这几乎是全世界都知道的，当然这女工也不应该不知道。

脖颈毛们虽然和尾巴毛是不和的，现在可也一起抱怨女主人，因为它们觉得打扫灰尘一类的活，同样也是不适宜给脖颈毛做的。

没有意见的只是那些小鸡毛，它们不是高贵的尾巴毛，也不是高贵的脖颈毛，它们只是一些普通的鸡毛。这里面就有我们的小不点儿。

小不点儿对身旁的伙伴们说：

“我觉得我们做这工作倒挺合适。把屋子打扫得干干净净，把那些肮脏的灰尘赶跑，这是一件高尚的工作。我们一定要把这工作做得好好的！”

小鸡毛们都说：

“你说得不错。我们应该把交给我们的工作做好，让人们知道，我们在世界上不论在哪儿，不论做什么工作，都是对人家有用的！”

小鸡毛们说过这些话以后，就不再作声了。它们默默地照女主人的吩咐，把需要打扫的地方都打扫干净了。它们满身沾满了灰尘，可是它们却工作得越来越起劲，直到屋子里到处掸扫得更加清洁漂亮。

就这样，小不点儿和它的许多伙伴们一起住在鸡毛掸子上。它们认真地工作着。只有那些尾巴毛和脖颈毛一天到晚萎靡不振，特别是那些尾巴毛，嘴里不停地抱怨，抱怨那做掸子的工人，抱怨那让它们打扫灰尘的女主人，甚至还抱怨起自己的命运来。它们的情绪越来越坏，吵架吵得比从前更凶，脾气也越来越大，在掸灰尘的时候，那就更闹得乌烟瘴气，跟所有的椅子、桌子、五屉柜、窗台等都发过不知多少次脾气，连美丽温柔的窗帘，从来不自己去招惹别人生气的，可是也跟掸子顶上的尾巴毛们碰上了，气得窗帘迎风低声地哭，身子也抽搐起来。

小鸡毛们都很不满意这些尾巴毛。它们曾经提了几次意见——本来它们是不想提的，可是后来实在忍不住了，才提了几回，可是每一回都给挡了回来，甚至还给骂得狗血喷头。尾巴毛们说，像这些小鸡毛居然也随口批评高贵的“光荣毛”，这是对“光荣毛”极大的不尊敬。它们应该想一下自己的身份。小鸡毛们没有足够的威信让尾巴毛们听它们的忠告，后来就只好闭口不谈了。它们从此再也不说什么话，好像它们不是住在同一根鸡毛掸子上似的。

对工作不满意的小鸡毛中间，也有小疙瘩，它对工作不安心。

小疙瘩起初对这个新的工作很有兴趣，干得也很有劲，可是几天以后，它又觉得烦腻了。

有一天，大家正在打扫的时候，小疙瘩忽然对小不点儿说：

“我觉得在一根鸡毛掸子上工作没多大意思！每天只是跟灰尘打交道，掸了又掸，生活太呆板，太枯燥了！我已经厌倦了。这种工作没有前途，没有出息，而且又是低人一等。我希望能够过一种新的生活。”

小不点儿惊诧地看着它。

小疙瘩继续说：

“譬如说吧，要是能够到天空中去，把整个世界看一下，这样一定能丰富我的生活，而且这样谁都会看到我。他们会说，‘有一根鸡毛曾经游历世界，这是一个极勇敢极聪明的英雄，是一根了不起的鸡毛！’”

“能够做了不起的工作当然很好，可是你得把现在的工作做好呀。要是一根鸡毛在一个掸子上连掸灰尘的工作也做不好，那么要到空中去探险，就更难做好了！”小不点儿轻声说。

小疙瘩不满意地笑了笑说：

“嗐，小不点儿，你真是个小圣人！一天到晚尽想教训别人！老实告诉你吧，我现在就要离开这里了，我要去过一种轰轰烈烈的生活！我可不愿意干这种低三下四的活儿！”

小不点儿几乎像请求似的说：“不，小疙瘩，不要走！和大家在一起吧！我们都是些小鸡毛呀，要是一分开，那么我们就更没有力量了！我们这工作也很重要，要是没有我们认真地打扫，我们周围的世界就不会那么干净漂亮。”

可是，小疙瘩不听小不点儿的劝告，它从掸子上一扭身跳了下来，连它腿上的绒毛也擦掉了一些。

不久女主人把小疙瘩和灰尘、纸片、布条一起扫在畚箕里，送到外面去。临去的时候，小疙瘩还兴高采烈地跟小不点儿和别的朋友们招手：

“再见，小不点儿！再见，朋友们！等我找到了一个理想的工作，我会跟你们通信的！”

小不点儿和伙伴们送别了小疙瘩。它们因为这个从小在一块儿的伙伴离开了，心里有些难过，它们很长的时间都谈着它，盼望它能够在别处干得很好。

六 小不点儿从老鼠爪下逃出来

它们仍旧每天认真地工作着，把屋子里打扫得到处发亮。尾巴毛们却苦闷得脸色也憔悴了。长脚已好久没有朗诵那首著名的诗，因为没有一根尾巴毛请它朗诵，而它自己也没有这份心情。脖颈毛们的情绪比较好一点，不过它们一到工作的时候也总是没精打采的，耷拉着脑袋，好像它们病得快要倒下去似的。

不论尾巴毛还是脖颈毛，它们只盼望女主人常常不在家。因为那样它们就可以少干一点活。事实上女主人也的确是常不在家的。她每天一早就上工厂去，要到下午才回来。她回家来，几乎总是在一定的时候；逢到她做晚班的时候，她在傍晚出门，到第二天一早才回家来。她是那样爱好清洁，全身都又干净又整齐，她的头发是又光又黑，就跟她的眼睛一样。只要她在家里，就不会忘记用鸡毛掸子把屋子里到处掸一下。虽然尾巴毛它们希望她回来越迟越好，那些小鸡毛们却不这样。它们总是眼巴巴地望着她回来，因为只有她在家的时候，才会有人想到它们，让它们做一些什么工作。

可是，有一天到了女主人该回家的时候，却不见她回来。小不点儿和伙伴们很担心，怕她出了什么事情，它们焦急地等着。

到了很晚的时候，女主人才回家来。她兴奋得红光满面，把手里的一面锦旗挂在雪白的墙壁上。她把那锦旗上的字看了又看，忽然喜欢得眼眶里有些润湿了。

所有这些情况，小鸡毛们都看到了，它们觉得奇怪：为什么女主人兴高采烈的眼睛忽然会流出眼泪呢？小不点儿很想问一问她，可是它明白：人们不会听懂一根鸡毛的话。所以也就懒得开口了。

正在这时，有好几个女伴来了，一看她们的样子，就知道也是工人。她们热情地祝贺那个女主人获得的光荣——因为那些锦旗就是光荣的标志，是这工厂为了她出色的劳动奖给她的。看样子，这些女工都为自己的伙伴获得的光荣觉得高兴。她们嘻嘻哈哈，你一言我一语地说个不停，就像屋子里平空飞来了许多喜鹊一样。可是，其中一个年纪比较大一点的女工，在灯光下看到了女主人眼眶上还沾着泪水，就诧异地说：

“你在淌眼泪吗？这是怎么回事呢！难道你有什么不舒服吗？”

那女主人脸红了红，说：

“大姐，说起来也好笑，刚才我想着想着，想起我从前的生活，那时我在农村里整年整月帮地主割草放羊，常常挨地主毒打，身上老有鞭痕。吃饭呢，吃的是菜根冷饭，还时常吃不饱，饿得头晕眼花。……可是，后来我也跟大家一样翻了身，我进了城，到纺织厂当了女工，生活过得挺美。今天，大家又给我先进生产者的光荣称号……我觉得自己工作得还不够好，成绩也不多，可是党给我这样大的鼓励，我想以后一定得更好地工作……我想着以前的日子，想着今天，想着想着，不知怎样就流出眼泪来了！”

“看你多么谦虚呀！”那个年纪大一些的女工，拍了女主人的肩头笑着说，“你那样热爱工作，那样不倦地工作，我们大家是应该向你学习的。你受到的荣誉，是完全应得的！”

“大姐的话不错！”女工们同意着。

接着，她们就谈开了，从她们的工作谈到工厂里的许多事情，后来又谈到大家的生活。谈到她们以后工作的设想，她们越说兴致越浓，如果不是桌上的座钟清脆地打了十下，她们说不定会无休无止地谈到半夜哩。

女主人送客人们走后，又拿出一本书来看，可是她才看了一会儿，又合上了，因为她兴奋得看不下去。后来她上床睡觉了，翻了好几个身，也没睡着。等她最后真正睡熟了以后，掸子上的小鸡毛就在窗台上轻轻说起话来（窗台上是它们休息的地方）。它们谈论女主人的事情，并且也为她出色的工作感到高兴。

尾巴毛对这种事情却丝毫也不感到兴趣。它们甚至一提起她就觉得头疼。所以当听到小鸡毛们讲个不停的时候，首先孔雀就冷冷地说：

“谁在这儿老唠叨个不完？她再能干，你们也跟她攀不上亲呀！你们只是些小鸡毛罢了！”

“是的，我们是小鸡毛，可是为什么就不能谈谈那些工作得很好的人们呢？她们正是我们的榜样呀！”小不点儿轻声说。

“哪儿钻出来一个小吹牛？小鸡毛也想当模范！去你一边儿吧！”孔雀吆喝着说。

尾巴毛们说：

“跟这种不自量的东西说话，不过白费唾沫罢了，别理它们，咱们还是睡觉吧？”尾巴毛们就一齐不说话了。小鸡毛们也不愿意跟尾巴毛拌嘴，它们也不说话了。

当大家都静下来的时候，只听见女主人轻微、均匀的鼾声，她睡得很甜蜜。忽然，从床底下传来了一阵窸窸窣窣的声音。鸡毛们一看，原来是一只大灰老鼠，它在屋子里贼头贼脑地东看西看，咬着女主人的拖鞋，随后这母老鼠又沿着墙壁溜了一转，在五屉柜脚上磨了自己又白又尖的牙齿，忽然它溜上了五屉柜，然后又一跳跳到窗台上，看见了那根鸡毛掸子。

“好哇！这儿有那么多鸡毛！我正要做一张软床，以后我生了娃娃，就可以给它们做摇篮，还要用一些鸡毛塞在洞口，当精致的门帘用哩！”

它说过，就用尖利的牙齿，咬着掸子，把捆

住鸡毛的麻绳也咬断了，把鸡毛们一绺一绺地扯下来。差不多有一半的鸡毛都散开了，有的散在窗台上，有的从窗台飞散到地上。

小鸡毛们都很生气，它们都用鸡毛话骂着老鼠，可是老鼠却装作没有听见它们的话。只有尾巴毛们，却兴高采烈地说：人家到底来请它们了，它们会去担任重要的工作，没有问题，老鼠一定会看重它们的。

可是事情并不这样，即使是老鼠，对尾巴毛们也不够尊敬，它说：

“这长长的一定是尾巴毛，中看不中用！我不要这种鸡毛！”

它把尾巴毛踢开在一旁，拿起一大把小鸡毛往自己洞里走去。这一大把鸡毛里面，也有我们的小不点儿。

“不，我不去！”小不点儿气得浑身的绒毛都竖了起来，真的，它从来没有这样生气过，“老鼠不是好东西，我宁愿烂成泥，也不愿给老鼠工作！”

“对，我们不去！我们不给坏东西做工作！”小鸡毛们都说。

可是老鼠却根本不管这些，它只管紧紧地抱着

鸡毛回去。于是鸡毛们就扭动着身子挣扎。你自然知道，老鼠的气力要比鸡毛们大得多，所以尽管鸡毛们怎样挣扎，还是没法从老鼠的怀里逃出来。

大灰老鼠钻到床底下，溜到墙脚边，就钻进洞去。就在进洞的这一刻儿，鸡毛小不点儿又做了最后一次挣扎，它攀住了洞口，同时还拉住了另外两个伙伴，结果这三根鸡毛就从老鼠的怀里脱了出来。它们掉在洞口，随着一阵从气窗里进来的微风，一起溜到床下的一个角落里躲在那儿，一声也不响。

第二天早上，女主人就发现了老鼠做的坏事——咬坏了她的拖鞋，还把鸡毛们从掸子上咬下来了。她虽然脾气很好，可是也决不能容许这样的坏事，所以当天买了一个老鼠夹子。惩罚真是再快也没有，就在夹子买来的那个晚上，那大灰老鼠就给夹住了。至于它后来怎样，我不提你也会明白的。

只是现在那个掸子已经坏得很厉害，不能再工作了。尽管那女主人非常聪明能干，可是她不会修理掸子，因为她是一个纺织工人而不是一个做掸子的工人——一个人不是什么事都会做的。而且更不幸的是，她不知有些鸡毛做了可恶的老鼠的俘虏，她当然也不知道还有三根小鸡毛躲在床底下的一个角落里，要是知道的话，这位好心肠的女主人也许会想法把它们搭救出来的。现在她只是把那些散在窗台上和地上的鸡毛都扫成一堆，后来就给送走了。至于送到哪儿去，在床底下的小不点儿和它的两个伙伴都无法知道。

七　三根小鸡毛的流浪

现在小不点儿和伙伴们开始了很寂寞的生活。小不点儿什么也不害怕，只是心里有些难过——因为它现在跟从小在一块儿的许多伙伴失散了。更糟糕的是：谁也不知道它和两个不幸的伙伴流落在这儿。它们现在什么工作也没有，对一根热爱工作的小鸡毛说来，没有工作做，是最难忍受的一种痛苦！

小不点儿对伙伴们说：

“我们要想办法离开这个地方，到需要我们的地方去。我们不能在这儿浪费我们的生命。”

“是呀，小不点儿！我们要跟你在一块。你到哪儿，我们就跟到哪儿。因为你是我们尊敬信赖的好朋友！”一个叫细腰的伙伴说。

可是，鸡毛们不能马上离开这儿，因为它们只有一条腿，它们希望风来帮它们一点忙。

可是，现在风没有来找它们。风不知道鸡毛们在床底下的角落里。

鸡毛们大声叫嚷，希望风真个能听到，给别的热心朋友听见也好呀！可惜它们这样做都是白费力气，因为不论鸡毛们怎样大叫大嚷，别人都听不见。后来这三根小鸡毛自己也明白这样是没用的，得想些别的办法来离开这个鬼地方！

小不点儿跟两个伙伴紧紧靠在一块儿，它说：

“现在只剩下咱们三个了，再不要失散了！”

“咱们怎样也不要分开！咱们是从小在一起的兄弟呀，不论是受苦还是享福，以后都要在一起。”细腰拉住小不点儿说。其实，从前它和小不点儿倒也不是紧靠在一起的，不过，此刻是在患难之中，就觉得身边的伙伴都是亲人了。

“是啊，咱们要走就一块儿走，要留就一块儿留，要是撇下孤零零的一个，那可，呃，怎么过下去啊！”另一根叫作白头翁的小鸡毛这样说。它一点也不比别的鸡毛年老，只因为它的尖头是一簇白羽毛，所以别的鸡毛们一直这样叫它。不过日子久了，它自己把自己看成了一根上年纪的鸡毛，拼命装出一副老成持重的样子，就是说话，也是慢条斯理的。

三根鸡毛在冷落、阴暗的床角落里待了好几天。它们每天商量着怎样能够脱离困境，可是没有谁发现它们，它们也就只能继续待在那儿，没法走开一步。如果不是发生了什么意外的事情，也许它们要在那儿待一辈子哩。

事情总算发展得很好。那一天，女主人整理她的房间，因为她的丈夫休假要来看她。她把整个房间都洗的洗，刷的刷，扫的扫，甚至把她的床也移动了，因为这样可以把床下的地板也擦洗干净。当木床移开的时候，角落里的小鸡毛们立刻又露脸了。它们都高兴得互相抱在一起，差一点要叫出来。

可是，不知道女主人今天是太高兴，还是心里在想着些什么事情，她好像不很注意这三根鸡毛，只顺手用扫帚把它们一扫，就一起扫进畚箕里去了。小鸡毛们想引起她的注意，尽量把脑袋仰起来，可是这也没用，她正在一边哼着歌儿，一边不停手地整理屋里的东西。

小不点儿和两个伙伴起初还以为她忙过以后，还会注意到它们，会把它们重新打畚箕里捡出来的。可是，后来它们知道没有希望了，因为她急急忙忙把畚箕里所有的东西，都倒进了胡同里的一个垃圾箱。它们完全绝望了。小不点儿难过得几乎要哭，因为世界上最不幸的事情，就是自己被人看作是垃圾箱里的货色——就是说被当作废物了！对别的鸡毛说来也许还没有什么，对自尊心很强的小不点儿说来，这个耻辱真是太大了。如果它不是一根坚毅沉着的鸡毛，今天也许真个要哭出眼泪来了。可是，它到底不是那么脆弱的，它竭力忍住了眼泪。它的两个伙伴细腰和白头翁也很难过，不过也都没有哭，因为它们也不好意思在小不点儿面前哭出来，特别是白头翁，它竭力要装出饱经世故的样子，它决定要使伙伴们确认自己是值得尊敬的老一辈的鸡毛，所以在发生事情的时候，总是更加镇静，不动声色。

“唉，多么倒霉！把我们弄到这地方来了！”细腰叹口气说。

“叹气又有什么用呢？既然人家不要咱们了，那就随人家的便吧！反正过一天算一天！”白头翁用一种深通世故，满不在乎的神气说着。

小不点儿听了，觉得也应该安慰一下细腰，可是又觉得白头翁说得太泄气，所以说：

“那也不能这样说。我们遇到了暂时的困难，可是我们也不要太泄气。我总以为，谁只要不自暴自弃，他总可以在世界上为别人多少做一点事情。当我们在公鸡身上的时候，当我们在鸡毛掸子上的时候，我们不是都尽过一点力吗？我们以后还会这样做，要争取一切机会给人家做点好事，就是到了比垃圾箱更糟的地方，我还是相信自己是对世界有用的，我们永远也不做废物！你们说是吗？”

细腰点了点头，表示同意。白头翁也觉得小不点儿的话说得有道理，可是他仍旧用很懂世故的声调反驳着：

“话是不错，不过，世界上的事情往往不是由自己决定的……”

白头翁还想说下去，忽然垃圾箱的盖子豁地打开了。两个清洁工人把整个垃圾箱抬了起来，把里面的东西——什么炉灰、菜根、碎布、破鞋、香蕉皮、玻璃碴等等，一股脑儿都倒进了垃圾车。就在这个时候，有一阵风吹过，三根鸡毛还来不及进垃圾车，就轻飘飘地飞起来，因为它们紧紧地团在一起，所以没有分散开来。它们在空中只飞了一阵，就轻轻落地，接着还在地上翻滚了一段路，到了路边，给人行道旁边的阶石绊住，才停住了。

三根小鸡毛待在那儿，心里又高兴又担忧。高兴的是它们很快离开了垃圾箱，担忧的是停在这里，不知道以后会碰到些什么。

八　三个小舞蹈家和两个小姑娘

正在这个时候，路边一家人家的门忽然打开了，从里面走出一个三四岁的小女孩来。她哭着，小手不断地揉着大眼睛。在她后面紧跟着一个八九岁的女孩，她的脖子上飘着红色的领巾。她在腰里的围布上擦着有肥皂沫的湿手，一看就知道她刚才正在洗什么——也许是自己的衣服，也许是她家里什么人的手帕。她那有一对大眼睛的脸上，显出了着急的样子，只要一看两个孩子美丽的眼睛，就知道她们准是姐妹。那大女孩紧走一步，跟上小女孩，拉住她的手，用非常温和的声音说：

“好妹妹，进屋去吧，妈快回来了！她说过，不喜欢小朋友走到大门外来。走，姐带你到院子里去玩儿造房子。”

“我不玩儿嘛！我要妈妈！”小女孩摇着头，连身子也摇动着。

“不玩造房子也行。咱们玩儿橡皮筋去，到屋

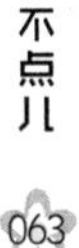

里去。”大女孩千方百计哄着妹妹，一面又来拉妹妹的手，“咱们到屋里去等妈妈，她很快就要下班了。”

可是小妹妹很固执，她一定要在门口等她妈妈回来，而且一面叫着妈妈，一面还是哭着。姐姐弄得没了办法，就发起脾气来，威吓说：

“好，那你一个人在这里！我进去了，让陌生人把你捉去！”

说罢，就转身装出要进门的样子。小妹妹就哭得更响了。鸡毛们听见在屋子里有一个老太太的声音叫着：

“阿芳，带你妹妹在门口站一会儿吧！等烧好了这锅饭，我就来看她！”

姐姐冲着屋子里大声说：

“奶奶，你快出来呀！我管不了她！这小丫头就是要哭！”

“好，我一会儿就来！”奶奶在屋子里应着。

姐姐见奶奶还不出来，就无可奈何地又走到小女孩身旁，哄她不要哭。为了要让小妹妹高兴，姐姐还把她抱起来，一面指点街上走过的车子，来分散她的注意。

“你看！你看！一匹大马马！”她用小妹妹惯

用的说法说着。

小女孩张大着泪眼看了看马，可是，又把身子一扭，伸出手指一指说：

“我要妈妈，……找妈妈去！”

看来，小女孩这时候心里只有妈妈，别的什么也不能引起她的兴趣。她的姐姐抱着这身子乱动的妹妹，又累又紧张，——她实在再也想不出有什么办法来哄小妹妹了，只是急得涨红了脸，说：

“不要吵！不要吵呀！”

小不点儿和两个伙伴在阶石下看着，也很替那大女孩着急。小不点儿甚至想：假使它是一个人的话，它要帮她来哄哄这个小妹妹。

“这小女孩想妈妈想得厉害。我看，她一定是太寂寞了。我们想个什么玩意儿来让她高兴高兴吧。你看，她姐姐已经弄得走投无路了！”小不点儿对伙伴们说。

白头翁摇摇头说：

“好倒好，可惜我们哪有什么玩意儿呢？”

细腰说：

“有，有！我们来跳个舞吧！瞧！现在正吹着风呢！这是让我们舞蹈的好机会。”说着，它就扭动腰肢，跳起来了。细腰就是这样的一根鸡毛——

它会一下子变得很泄气，可是一下子又变得生气勃勃的。

三根鸡毛只商量了一会儿，就决定了。它们都是好心的鸡毛，愿意帮助别人。它们觉得按照细腰建议的办法是可以给小姑娘们做一些事的，所以它们一点也不错过时间，趁一阵风走过这里的时候，立刻随着风的节拍跳起舞来。

鸡毛们都是出色的舞蹈家。只要它们一跳起舞来，谁也不能不这样承认，你看，它们先是在地上翻滚，它们都紧紧连在一起，跟头翻得简直像风车似的。它们翻了一阵，还不算，又趁着风势，忽然飞腾起来，随后又像降落伞似的，摇摇摆摆，慢慢落下，刚一沾地，又飞跃起来，晃晃悠悠地在半空中飘荡。这种舞姿真是出神入化，就是那红枫叶的舞蹈，也不见得有这么优美轻盈。鸡毛们跳得很累，它们甚至觉得身上的羽毛都在发软发抖，可是为了要让那小女孩高兴，它们连喘气也不让别人看到。

果然，它们的好心没有白费。那小女孩很快就注意到它们了。她看得很出神，眼泪也忘记流出来了。

“姐姐，姐姐！”小女孩忽然指着那些飞腾的鸡毛，对大女孩嚷。

大女孩不但看到小妹妹对鸡毛那么有兴趣，她自己也觉得这些鸡毛迎风舞蹈，真是再好看也没有了，就把小妹妹放在地上说：

“妹妹，你站在这里，姐姐给你去把它们捡来！”

说着，她就赶上几步，把鸡毛抓住了。她把三根纠缠在一起的小鸡毛理了理，用嘴轻轻把它们都吹得顺顺的，笑嘻嘻地携着小女孩的手，说：

“妹妹，来！跟我到家，我给你做一个毽子！”

这小女孩给三根漂亮的小鸡毛吸引住了。她不哭了。她从姐姐手里拿过这三根鸡毛，在她小手里轻轻拈着，随后顺从地跟着姐姐走进了大门。

她们穿过小院子，进了房门。姐姐找了一个纸盒，在那里面盛着许多小玩意儿，有五颜六色的碎布，有一些棉线和丝线，有纽扣和扎头发的丝带……她从里面拣出了一根鸭子翅膀上的硬毛，用一块绿色的小布和一颗纽扣缝成了一个毽子的座子，然后把小妹妹手里的三根鸡毛插在上面，立刻它们变成了一个小巧的漂亮的毽子。

她做好以后，就试着踢了几下，这毽子随着她脚的起落，在空中翻着跟头，表演着各种优美、可爱的花式。小妹妹再也不愿待在一旁看下去了，因为她太喜欢这毽子了，特别是当它给踢起在空中的时候，那三根鸡毛抖抖擞擞、摇摇晃晃地摆动着，样子实在好看。她从姐姐那里把毽子接过来，试着也用脚来踢。可是，她的脚还没有踢出，毽子早已抛出来了，所以连鸡毛也没有擦到她的小脚背上。后来，她就不用脚踢了，光用手把毽子抛起来——虽然她的力气小，只能把毽子抛到比脑袋高不了多少的地方。

不管毽子抛得高还是低，小鸡毛们总是精神抖擞地在毽子上摆动着。它们做出各种优美的舞姿，有时在空中翻滚，有时像张开翅膀的燕子一样地滑翔，有时又像流星一样闪落下来。它们都兴高采烈，因为看到小妹妹的脸像雨过天晴一样，她的眼泪早擦干了，满脸是愉快的笑容，她一面抛毽子，一面还欢呼着：

“姐姐，你看！多高呀！”

鸡毛们因为自己做的工作，使得小妹妹这么高兴，心里也觉得非常痛快。

姐姐看到小妹妹高兴起来，也就安心了。她重新走到小院子里，在洗衣盆旁坐下来，在肥皂水里搓洗着衣服。过了一会儿，奶奶从厨房里出来了。

她对大孙女说：

“阿芳，你跟妹妹玩会儿吧，衣服让奶奶来洗，奶奶没事了，饭已经好了。”

于是老人家就在洗衣盆旁边坐下来。姐姐洗了手，就把小妹妹带到小院子里来，一起玩儿毽子。她叫小妹妹把毽子抛给她，她就跳起来接住，再把毽子抛给小妹妹。她为了让小妹妹觉得好玩儿，尽量把毽子抛得很高很高，毽子扶摇直上，升到比屋顶还高。

毽子抛得很高，鸡毛们的舞蹈就越加好看。它们把全身本领都显出来了。它们虽然已经舞蹈了很久，可是，越来越有精神，一点也不觉得疲倦。

忽然，不知怎么一来，姐姐的手偏了一点，毽子飞到屋顶上去了！

姐姐“哟”了一声，呆住了。小女孩也呆了一下，不久就急得几乎要哭出来。姐姐说了一声“不要紧”，就转身去拿了一根晒衣服的竹竿，来拨毽子。她拨了一会儿，可是没有把它挑下来。

三根鸡毛坐在毽子座上，心里也非常着急。它们恨不得自己能跳下屋来。可是，它们不能这样做，因为那毽子座是很笨重的，它们没法把它带下来，甚至也没法离开它。

姐姐又拿了凳子，站在上面，用竹竿挑，可是仍旧没有把毽子挑下来。有一回把毽子挑起了，可是竹竿一滑，毽子就滚进瓦楞里去了，刚巧嵌在一个槽槽里，再也拨不出来了。

姐姐挑了一阵，没有成功，累得脸都冒汗了。小女孩急得在地上直跳脚，奶奶看到了，也放下衣服来帮女孩们拨毽子，可是，老人家也失败了。小女孩就哭起来了。

奶奶就安慰小孙女，许她明天再做一个。可是小女孩还是哭，正在不得开交，幸亏门开了，女孩们的妈妈下班回来了。她抱起小女孩，到屋子里去了。随后，大女孩也进屋了，奶奶把衣服洗好拧干，在竹竿上晾好，又回到厨房里去。

现在，只有三根小鸡毛冷清清地坐在毽子座上，它们在屋顶上给冷风吹得抖簌簌的。从屋顶上看去，家家的窗户里冒出了热气，天快黑下来，该是人们吃晚饭的时候了。

三根小鸡毛觉得很懊丧。它们跟两个女孩在一起，伴她们一起玩儿，那是多么有意思呀！可是，现在它们给抛在屋顶上了，不知什么时候才能回到女孩们那里去？

九　屋顶上旧友重逢

天色渐渐完全黑了，只有几颗星星在天空眨着眼。人们的声音越来越少了，周围越来越静了。到后来，屋子里射出的灯光也熄灭了——那是说，人们做了一天的工作，现在都上床睡觉了。三根小鸡毛在静寂的黑暗里挤在一起，它们轻轻商量以后该怎么办。

“哼，那个阿芳！她都不知道怎么抛毽子！”细腰抱怨着。

小不点儿说：

“这也不能怪她。她是个好孩子，不是故意把我们抛到这里来的。我们以后请好心的风帮忙，想法把我们送回去，回到她们那里去。她们没有了我们，心里多么难过啊！”

“呃，着急有什么用，俗语说：‘船到桥头自会直’。到时候总会有办法的！”白头翁说。

“你又来了！”小不点儿不满地说，“不能光等待，我们要自己安排自己的生活！”

“嘿！你说得倒好听！可是，你能给自己想些什么办法出来呢？”白头翁冷笑一声说。

“办法一定会有的！只是我们一时想不出来。可不能因为这样就不想呀。”小不点儿说。

“好极了！那么就请吧！请想想办法吧。”白头翁嘲笑地说。

“不能光靠我一个想啊。……哦，我说，咱们留点神，找一个好机会，就回到女孩子们那儿去。比如说刮风的时候，或者下雨的时候，咱们趁风势雨势，只要用力一跳，就下去了。”

“对！对！”细腰又活跃起来了，它给希望鼓舞了起来，不是那么垂头丧气了，“这样的机会一定会有的，只要我们有决心，一定能够办到的。”

白头翁慢吞吞地说：

“但愿这样，我也不是愿意一辈子留在这屋顶上呀！”

“你们是什么鸡毛啊？”忽然，有一个疲劳的微弱的声音这样说着。听起来这好像也是一根小鸡毛的声音。

起初，三根小鸡毛都以为是伙伴中的哪一个在说话，可是后来觉得不像，因为伙伴们谁也不会问这个莫明其妙的问题的。它们正在惊疑，听见那儿又在问了：

“喂，我说，你们是什么鸡毛呀？”

小不点儿听出来，这声音是从邻近一个瓦楞里发出的。小不点儿觉得这声音很熟，但一时又想不起到底是谁来。

“我是鸡毛小不点儿，它们是细腰和白头翁。你是谁呀？”

“啊呀！是你们呀！”那声音诧异地说，“我是小疙瘩。你们还记得我吗？”

“啊，你是小疙瘩？怎么会在这里呢？”小不点儿又高兴又吃惊地问。

“唉，小不点儿，我真后悔！”小疙瘩伤心地说着，“原先我跟你们分手的时候，打算到世界上去干一番轰轰烈烈的大事业，我给女主人送到畚箕里头以后，就到了一个垃圾箱里。有一次，我给一只燕子衔去，打算放到它的窝里去，我觉得做这样的工作没有什么出息，所以就从燕子窝里跳出来了。我飘落在地上，又给一只母鸡捡去，准备垫它的蛋，我也觉得没多大意思，又趁着刮风的时候溜跑了。我随着风，在半空飘荡，以为这以后可以照我那么想的去周游全世界，让全世界都看到我。可是，唉，我自己还没有学会飞的本领，我不能够随意飞来飞去，风一停，我就落下来了。一落，就落在这儿！我给瓦楞里的青苔绊住了，再也飞不起来！我不停地受到雨淋日晒，现在模样也变了，我身上的羽毛都破烂了，我怕我再也不能做什么了，就是最起码的最微小的工作我也没法做了！唉，我真是一个空想家。像做了一场梦一样，我的打算都完蛋了！”

小疙瘩说着，说着，就禁不住哭了。小不点儿听了，也很替它难过，它安慰说：

“小疙瘩，不要伤心！谁都会碰到困难的。假使我们不怕困难，一心一意要为别人做些工作，这样的机会总是有的。”

白头翁叹口气说：

“你到底年轻呀，小疙瘩！你本来就该好好干活的，可是你老不肯安心工作，现在到了这个地步，后悔又有什么用呢！”

小不点儿把白头翁一推说：

“嘻，看你尽说些什么呀！应该想法子帮助它和我们一起摆脱困难！”

白头翁摇摇头说：

“哼，好一个理想家！自己的困难都没法解决，还说要帮助别人克服困难哩！”

“可是，就在困难中，也应该帮助别人呀！”小不点儿反驳着。

“得了！那就请吧，请你给小疙瘩想想办法吧！”

小不点儿实在不愿意再听白头翁唠叨什么。白头翁是一根古怪的鸡毛，它就爱整天愁眉苦脸，对什么事情它都没什么兴趣，也没有什么理想。小不点儿不再作声，只拼命把头抬起来，探看小疙瘩到底在什么地方。

这时候，天空暗淡的云彩里冒出了半边朦朦胧胧的月亮。月亮光虽然不很明亮，可是也可以隐约看到一些东西。小不点儿看到就在隔壁的一个瓦楞里，有一根小鸡毛软瘫瘫地躺在那儿——那就是小疙瘩，它从前的一个亲密的伙伴。

小不点儿叹了口气，轻轻地说：

“小疙瘩！小疙瘩！你还能动弹动弹身子吗？”

小疙瘩只把脑袋稍微抬起来，说：

“我的身子差不多全给瓦片上的污泥粘住了。谁要不帮我拉一下，我都爬不起来。”

“你等着，不要着急。我无论如何也要给你想办法！”小不点儿在自己的瓦楞里说。

十　救出小疙瘩

就这样，小不点儿和伙伴们在屋顶上待了好几天。这些日子里，它们也受够了日晒雨淋的苦楚，特别是一场大雨，雨点像黄豆般大，把小鸡毛们淋得全身湿透，后来雨停了，又经太阳一晒，就把它们弄得瘪塌塌的，简直不成样子了。细腰呢，成天唉声叹气，说是到了这鬼地方，大概这一辈子就算完事了。白头翁也耷拉着脑袋，自言自语地说："唉，咱们等着等着，谁知道等来了这么个倒霉的天气……可是咱们都是些小鸡毛，又有什么办法呢？"

只有小不点儿，他满想趁下雨的时候，借着瓦楞里的雨水，流到小院子里去。可是雨水虽然不小，但那毽子座子给青苔粘住了，就像它已经跟青苔一样长了根似的，雨水也没法带走它。

有一天，有一点微风。太阳照得到处都亮晃晃的。小不点儿觉得浑身热乎乎，就伸了一下腰，它虽然一步也不能挪动，但是它还是尽量随时活动自己的身子，因为它希望有一天仍旧要仗着那副好筋骨再做些工作。当它挺直腰板的时候，看见隔壁瓦楞里的小疙瘩也躺在那儿歪头转脑。小不点儿高兴地说：

“对，小疙瘩！应该这样，把身子活动活动，一有机会，咱们可以离开这个地方。”

“不过，我觉得浑身像生了锈似的，只怕到底也离不开这里。唉，我现在多么想换一个环境，我再不想不着边际的胡思乱想，只要有一点意思的事，我现在都愿意干！”小疙瘩愁眉苦脸地说，它的憔悴的身子扭动了一下。

“这样的日子一定会有的，小疙瘩！”小不点儿说。

它正想再说几句打气的话，忽然听见瓦片上有一阵脚步声。这脚步声很轻很轻，除了小鸡毛，几乎谁也听不出来。小不点儿一看，原来是一只小花猫，它在屋顶上弓着身子，随后又展开四腿，伸了个懒腰，一步一步走到毽子那边来。它一看到毽子，就像发现了一个什么稀奇古怪的东西，耸起了毛，缩着脖子，向它一看，然后，忽然蹿前一步，扑上来用爪子抓它。

毽子骨碌一滚动，沿着瓦楞，就要翻滚到小院子里去了。

三根小鸡毛高兴得几乎要跳起来！

可是，小花猫忽然又抓住了毽子，并且用牙齿来咬鸡毛。它把细腰的腰也折断了，把白头翁的白头也扯碎了，小不点儿在它的爪子下拼命躲闪，它的身子也差点儿被折断，可是总算从小花猫的牙缝里漏了出来。

三根小鸡毛都从毽子座里给拔出了。它们起初还紧紧团在一起，小不点儿还再三说："我们怎样也不要分散！"可是那顽皮的小花猫却只顾用爪来抓它们，用牙来撕它们，最后，它们还是被分离了！

刚巧微风吹过，小不点儿不顾一切，趁着风势，向细腰那边滚去。它又和细腰凑在一起，就用自己的羽毛紧紧跟细腰的羽毛绞在一道。它说：

"细腰！不要害怕！我们仍旧在一起！我们快去找白头翁去。"

可是，就在那时，白头翁已经顺着一股风，飞到地上。小不点儿和细腰眼看着白头翁在地上翻翻滚滚，随后就掉进一个黑洞洞的阴沟里去了。

"哎呀！可怜的白头翁呀！"细腰几乎哭起来了。

小不点儿叹口气说。

"现在，咱们俩再不要分散！我们虽然又遭到了不幸，可是却摆脱了那个讨厌的毽子座子，我们以后可以到处活动了。”

微风还是一阵一阵地吹着。细腰说：

“我们现在趁这机会离开这里吧！”

“对！不过还有小疙瘩哩！让我们到它那里去看看！”

小不点儿说着，就趁着风势，拉住了细腰，向小疙瘩那儿滚去。它们到了小疙瘩身旁，就用自己的羽毛和小疙瘩的羽毛纠结在一起，并且拼命想借着风力，把它拉出来。可是，小疙瘩的身子被瓦片上的污泥粘住了，虽然不是粘得很牢，可是一时拉不下来。

小不点儿和细腰利用每一阵微风，使劲把小疙瘩拉着；小疙瘩自己也拼命挣扎着身子。可是看来这样只是白费气力，因此小疙瘩就难过地说：

“不要管我，你们自己快走吧！”

“不！要是不把你救出来，我们就不离开这儿！”小不点儿喘着气说。它已经累得浑身的羽毛都颤动着，可是，它仍旧不放松地拉住了小疙瘩。

细腰虽然折断了腰，可是它也非常关心小疙瘩的命运，它决定跟小不点儿在一起，用尽一切办法来解救小疙瘩。它和小不点儿紧紧地用羽毛牵住小疙瘩，三根小鸡毛几乎缠成了一团，每一次风吹来的时候，它们就趁机做一次努力。

也许是好心的风被它们的友谊感动了，风本来是微弱的，可是忽然变得强大有力了，它使劲吹着。终于，小不点儿和细腰得到了很大的帮助，把小疙瘩从瓦楞中的小块污泥上拉了起来。

“好呀！”小不点儿欢呼了一声。

三根小鸡毛紧紧抱在一起，借着那一股风势，从屋顶上腾起，在半空里翻翻滚滚，飘飘荡荡，飞行了好一段路，最后停在一块泥地上。

“我们到哪儿去呢？”小鸡毛细腰问。

“到需要我们的地方去！”小不点儿说。

“可是，我怎么能跟你们一块儿去呢？”小疙瘩忧愁地说，“我身上有好些羽毛已经脱落了，我差不多快要干瘪了，就是有风来帮助，我怕也不能像你们那样飞得又稳又好！”

小不点儿说：

“小疙瘩，不要怕！有我们在这儿！我们无论如何都要带着你一块儿走。细腰，你说是吗？”

细腰扬着脑袋说：

“当然这样！我们不能在患难里把伙伴扔下来！”

十一　向日葵怀念小鸡毛

三根小鸡毛正说着，忽然又一阵风刮来了。它们决定再赶一阵路，就趁着风又飞跑了。后来它们跑得慢了一点，想找一个合适的地方停下来。忽然，它们听见有一个小小的声音在可怜地叫着：

“冷啊！现在冬天还没到呢，就这么冷了。一到冬天，我一定会冻死！唉……唉……”

小不点儿顺着声音看去，只见在一棵枯干下，躺着一粒小小的葵花籽。它那瘦瘦的身体，已经冻成灰色了。它不停地嚷着冷，冻得头也抬不起来。

“可怜的小葵花籽！让我们到那儿去，把它的身子盖起来，让它不给冻死。”小不点儿对伙伴们说，“它多么需要我们啊！”

“对，那我们快去吧！”细腰和小疙瘩说。

于是三根小鸡毛立刻翻滚到那里，用背抵住了枯干，把身子覆盖在小葵花籽身上。小不点儿轻轻地说：

“小葵花籽，你不用愁。我们再也不离开你，要陪着你过冬，不让你冻坏！”

三根小鸡毛像温暖的被子似的盖在小葵花籽身

上。小葵花籽不冷了，它感激地说：

“好心的鸡毛啊！我怎么也不会忘记你们！”

时间很快过去了。三根小鸡毛一直厮守着那粒小葵花籽，它们帮它挡住了寒冷。它们的身上渐渐盖上了一层泥沙。三根小鸡毛扭动了一下，把身上的泥沙抖去，可是不久又给盖住了。

“小不点儿，我们是不是该离开这里呢？再不走的话，我们怕要给泥沙整个儿埋住了！”小疙瘩担心地问。

“不！小疙瘩！这儿正是需要我们的地方。这可怜的小葵花籽需要我们。”小不点儿说着，一面低下脑袋去看小葵花籽。这时小葵花籽已经睡着了，它得到了温暖，正在梦见美丽的春天来到了。

泥沙越积越厚，最后，小鸡毛们真的被整个儿盖住了！小鸡毛们觉得世界离开了它们，所有的一切都离开它们了，现在它们正守护着的这个小小的生命度过了寒冷的冬天，就会萌芽，就会开花结子，就会用它的一切来丰富世界，美化这个世界。

冬天挟着风雪和严寒来了！

小鸡毛们深深地藏在泥沙下面，它们把身子更紧地盖住小葵花籽。它们谁也不说话。它们什么也不想。因为，它们对现在的工作很满意。

不久，冬天过去，春天来到了。小鸡毛们觉得自己浑身发软，好像身子在慢慢融解开来。小不点儿明白自己在这个世界上的任务快结束了，它一点也没有后悔，一点也没有怨恨，就是细腰和小疙瘩也没有一句怨言。它们觉得那小小的葵花籽在慢慢地转动，它在醒过来，并且用一种新生的力量在向泥土外面顶出去。小鸡毛们仍旧一句话也不说，它们觉得自己正在慢慢融解开来，就像冰冻融解开来似的。它们已经和温暖湿润的泥土混成一片，再也分不清哪是小不点儿，哪是细腰和小疙瘩了！

小葵花籽终于顶出地面，伸出了两片肥厚的叶片。它看到周围是一个绿色的世界，树枝上冒着嫩叶，泥地上都是新芽。它想起了那些曾经帮助自己度过严冬的小鸡毛们，可是它们已经不见了。这一切就像昨天的事情，就像一场梦一样。可是这决不是一场梦，就是此刻，它还能感觉到在泥土里有小鸡毛们发出的热，并且它还从泥土中汲取了它们丰富的像奶汁一样的养分！

过了不久，夏天到来了。小葵花籽，不，现在应该说它是一株向日葵了，它开出了像金盆似的花朵，含笑迎着太阳。所有周围的树木和花草，甚至来往的行人，都赞美它的庄严美丽。可是，向日葵低下了脑袋。它沉默着。

“我应该怎样来感谢你们啊！亲爱的小鸡毛们！如果不是你们，我哪能有现在这个样呢？……唉，甚至现在我还觉得，我全身的汁液里都流着小鸡毛们的液汁。你们像母亲一样温暖着我，像母亲的奶汁一样养活了我！亲爱的小鸡毛们，我决不辜负你们，我一定也要像你们那样，为了别人，献出自己的一切！”

向日葵这样默默地想着。它低垂着头，向在它脚下化成了肥沃泥土的小鸡毛们默默致敬！

1957年

天竺葵和
制鞋工人的女儿

窗台上搁着一盆美丽的花，——那是一盆天竺葵。

这盆天竺葵在窗台上已经放了好久了，它种在一个花盆里，这花盆只比一只汤碗大一点。这天竺葵很小，所以花盆显得还太大。但是过了半年之后，它就长大得多了，现在它那银白的躯干上伸出三枝翠绿的丫枝，每个丫枝上又有一些小枝，每一片荷叶形的绿叶边上，泛着浅紫色，就像女孩子们镶花边的舞裙一样。这些叶片层层叠叠，蓦一看，好似喷着泡沫的绿色波浪一样。

这已经够美了，但是还不止这样哩！现在这棵天竺葵正在开花，每一花枝上有一二十个粉红的小花苞，花苞一放，变成一二十朵鲜红的小花，紧紧

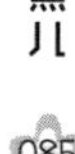

抱成一团，就像一个大绣球一样。它们还吐出一种强烈的气味，这种气味并不算什么香气，但也决不是臭味，从窗户飘进屋子里，把制鞋工人屋里的牛皮的硝气和药味也冲淡了。

这天竺葵自从一来到制鞋工人的家里，就很满意。它一直安静地住在窗台上。

以前当它还在花店的时候，有许多有身份的花都瞧不起它，说它不但长得难看，而且身上还有惹人厌的气味。有的花，像牡丹、玫瑰、珠兰、茉莉……它们尤其骄傲得厉害，别提跟天竺葵说话了，连正眼儿也不瞧它一眼哩。可是，自从天竺葵离开了那里以后，就觉得痛快多了，日子真是越过越好，因为主人一家都很看重它，虽然它只是一棵极普通的极微贱的天竺葵。

制鞋工人一家从来没有忘记给它浇水，甚至他们每星期日吃肉的时候，还用那有滋养的洗肉水浇在它的根上。

这制鞋工人也对天竺葵很满意，不，他其实是对什么都很满意，因为他像天竺葵一样，也觉得日子越过越好了。可不是吗！以前这制鞋工人尽管手艺很好，可是老挨饿受冻，他的工钱连养活他自己都困难。现在，却大不相同了！他成了一个制鞋工场的工人，又结了婚，有了一个女孩子。以前他爬到鞋铺的阁楼上睡觉，现在他住在工人宿舍里，一家三口住得很舒适。这间屋有干净明亮的玻璃窗和一个狭长的窗台，那上面放上这盆天竺葵，就显得屋子里更有精神了，好像春天一年四季也不离开他们了。真的，在制鞋工人看来，牡丹花和玫瑰，也未必比天竺葵能够给他更多的快乐呀！

但是天竺葵最喜欢的人还要数那个小女孩——就是制鞋工人的女儿。她是一个可爱的小女孩。年纪还不满六岁，还没上学。不，她根本不能上学，因为她患了一种可恶的病，她的腿关节时常疼痛，不能走动。虽然她爸妈曾经带她去看过好几次病，但是没有完全治好，她每天有好多时间是躺在床上的，这床就在窗下。天竺葵每天从窗台上望着她，陪伴着她。它为了她的病，有时听见她呻吟，心里就觉得很难过。可是，它实在也不能帮助她。它只能用自己翠绿的叶片和美丽的绣球花来让她高兴，来安慰她的寂寞。

这小女孩虽然病了，可是她仍然很快乐。她并不是爱哭爱闹的孩子，又很聪明，没有谁教过她唱歌，她只是听见人家那么唱，就学会了唱好几个歌儿，她躺在床上的时候，就时常唱这些歌。她唱得很好，有好几次天竺葵都感动得不由得颤动身子，它对自己说：这小姑娘将来要是不成为一个歌唱家才怪呢!

可是，她的病长久不好，她只能在屋子里艰难地走动！这样下去可怎么得了呀？天竺葵跟小女孩的爸爸妈妈一样，一想到小女孩的病，就发愁了。

这小女孩因为寂寞，也跟天竺葵做了要好的朋友。当爸爸或者妈妈浇花的时候，她就从床上靠到窗台上，抢着来帮忙。有时还默默地对这盆花看上半天。她看着叶片，还把叶片的背面也翻过来看看；她还数着叶片，很准确地数到十，以后就十七、十八、三十、二十地乱数了，反正她并不要知道准确的数字，只要有事情做罢了。有一次她在花梗上发现了几个蚂蚁，她就很生气地把蚂蚁捏死了，因为她以为蚂蚁要咬死它，她不能容许谁来弄坏她的天竺葵。

这小女孩闲着没事，就在纸上用爸爸划鞋样的铅笔画着。她画了许多东西，画得最多的就是天竺葵，画得也很像，反正谁看了也不会错认它是玫瑰花或是一棵什么树。天竺葵每次看到这小女孩用那双乌黑的大眼睛看着自己，用心地画着，心里就非常感动，它知道：这小女孩是多么和它要好呀！它

越爱这孩子，越希望她的病能够快好，可是，它看见妈妈带了她上医院去了好几次，回来以后，她的腿仍然没有好。连天竺葵那么有耐心的，也忍不住心里发急：

——怎么回事呀？她的腿怎么老治不好呢？

它听见妈妈对爸爸说：

“大夫说，要做长期治疗，最好送她到温泉疗养院去，住上三个月到半年，她的腿就能好，……可是，这要多少钱啊？解放以后，我们的日子虽然好过了，可是也还没有这么多积蓄哪！”

爸爸问：

“要多少钱呢？”

“怕要上百块钱！”妈妈忧愁地说着，叹了口气。

爸爸低着脑袋，轻声说：

“我要找我们工会去，说不定他们能给我想办法。”

过了一天，爸爸回来跟妈妈说，他已经跟工会主席老王说过了，老王说，他们不能眼看着孩子成年累月受病的折磨，也不能让自己的同志为了这样的事苦恼，得好好想办法。老王说，要找上级去研究一下。妈妈听了，蹙紧的眉头就放松了一些，天竺葵听了，也觉得有些高兴。

爸爸说完以后，又从怀里拿出一包东西，解开来一看，原来是几根香肠。

“这是老王给的。他说给咱们的孩子吃，过几天他还要来看看哩！”

“这老王对咱们可不错呀。”妈妈说。

“他对谁都这样。人家是共产党员哩！”

天竺葵不懂得工会和共产党到底是什么，它只为有人关心小女孩的病，答应要帮助她而觉得高兴。

这小女孩却对香肠更有兴趣。她问爸爸香肠是什么东西，爸爸说，那是用猪肉制成的。她觉得很奇怪，以为它们是猪尾巴。那天晚上，他们一家吃了两根：小女孩吃了一根，爸爸和妈妈合吃了一根。还留下三根准备过几天蒸着吃。小女孩觉得没有什么东西比这东西更好吃了，所以她非常注意那挂在靠桌小钉上的香肠。

可是，就在下一天出了事。妈妈在屋外晾衣服，小女孩独自在屋子里扶着桌子腿走路，也不知什么时候，隔壁的馋猫进来了，轻轻跳到了桌上。小女孩正在吃劲地练习走路，没有注意它，天竺葵在窗台上看到了，它摇着头晃着手，提醒小女孩，可是小女孩仍然没有注意。等她猛然看见馋猫衔着香肠从桌上跳下来的时候，可急了，她在桌上捡起一个鞋楦头要打它。那馋猫扑的一下跳上窗台，从天竺葵盆边擦身而过。小女孩气极了，把鞋楦头向窗台扔过去，可是没有打到馋猫，只听咔啦一响，倒把天竺葵齐根打断了！

小女孩张大眼睛，呆了一下，忽然大声哭了起来。

天竺葵倒在窗台上，叶片和花瓣都掉落好多，花盆里只留下一小截花干的根。天竺葵受了重伤，看来性命难保了。它心里只恨那只馋猫，并不恨这小女孩，因为它知道：她是个好孩子，伤害它是无意的。它看到小女孩那样伤心，觉得更难受了，轻轻地用天竺葵的话说：

"小姑娘，不要伤心！……我明白！你不是那种无缘无故要伤害别人的坏孩子……我原谅你……只希望你以后，做什么事都不要粗心大意！要更加谨慎细心些！"

妈妈进来了。她问小女孩为什么哭。小女孩一面哭，一面乱七八糟地把猫偷了香肠和她砸断了天竺葵的事说了。妈妈赶到小天井去追贼猫，可是哪儿还有影子呢！她只把鞋楦头捡了进来，又安慰小女孩，叫她不要哭。

小女孩含着眼泪，把天竺葵捡起，她试着想把断干接到根上去。妈妈劝她不要这样做，说这是白费气力的，答应以后让爸爸再去买一盆更好看的花来。她这么说过以后，便去做自己的事情了。

但是小女孩却没有死心，她后悔自己太鲁莽了一些，不该用楦头去打那贼猫。她心里想：我得把花枝接起来，要不，它会死掉！她咬着嘴唇想了一会儿，忽然打开抽屉，找出一根细绳，爬上床，靠着窗台把折断的天竺葵绑到那干桩上去。

她费了不少气力，把它绑住了。

天竺葵轻声叹着气说：

“傻孩子呀！这有什么用呢？我还是活不了！我的身子没有连着根，又没有沾着泥土，我会干死的！唉！”

可是，小女孩却没听见天竺葵的话，她对天竺葵看了又看，心里想：这样它就不会死了！

这时候，爸爸下工回来了。一看他那神气，就可以知道他一定是满肚子高兴。他一把抱住小女孩，亲着她说：

“好孩子，明天送你到温泉疗养院去，是咱们工会自己办的疗养院！那边好极了！你的腿准能治好！”

小女孩还没作声，他又对进来的妈妈说：

“这下可好啦！老王今天告诉我，已经和上级谈过，手续也办好了，明儿就让咱孩子进疗养院去，费用也由工会补贴，咱们只要出一些伙食费就行了。”

妈妈一边在围裙上擦着湿手，一边连连说着：

“真是谢天谢地！孩子爹，你要把活干得更好呀！要不，怎对得起共产党啊！”

“可不是嘛！”孩子爹只说了这么一句，一眼看到女儿的小手在拨弄窗台上的落叶，然后又发现了折断的天竺葵。他笑着对女儿说：

“把它这么绑着没用的。来，你看！看爸爸来做个大夫，给花儿治伤！”

他挖松盆里的泥土，解下折断的天竺葵，插在盆里，按好土，浇了些水。

“这样它会活吗？”小女孩不放心地问。

“会活。”爸爸笑着说，“它知道你是个好孩子，怎么愿意离开你！”

“当真它知道吗？”小女孩认真地问。

“可不是吗！”爸爸笑得声音更响了。

实在也是这样。爸爸说的刚巧是天竺葵心里

想的，不过，天竺葵还是很担忧，怕自己会就此死去。它觉得迷迷糊糊的，全身好像在收缩，枝叶在萎曲，它希望自己还能活下去，因为它爱这个世界，爱这个小女孩。没有了天竺葵，小女孩也会非常不高兴。

第二天，小女孩临走的时候，又给天竺葵浇了水，她不放心地问：

“爸爸，这花会活吗？”

“会活，你放心吧！等你回来的时候，它一定长得很好哩！”爸爸说着，抱着女孩就向外走。

天竺葵也知道小女孩是上疗养院去了，它衷心希望她能够恢复健康，可是现在，在朋友离别的时候，它衰弱得什么话也不能说了，只把枝头轻轻地摇了一摇。

不久，天竺葵的叶片都枯焦了，掉落了，只剩下梢头有几张嫩叶。可是，过了半个多月，天竺葵的枝上发出了新叶，还不止这样，那残留的干桩上，也萌了新芽。现在，这儿不是一棵天竺葵，而是两棵了。

三个来月之后，两棵天竺葵都开了鲜红的花，它们把这个屋子点缀得非常漂亮。

两棵天竺葵很想念它们的朋友——那个小女

孩。有一天，当它们正在谈起她的时候，忽然房门开了，一阵风似的，跳进来一个女孩。屋子一下子觉得更亮了，更有活气了。女孩的后面跟着那制鞋工人和他的老婆。天竺葵仔细辨认以后，才认出她原来就是自己日夜想念的朋友。她长得非常健壮，个儿也高了，脸色也红润了，她已经完全恢复了健康！

天竺葵高兴得叶片都颤动起来，不住地向小女孩招手。小女孩靠到窗台上，对天竺葵看了又看，高兴地说：

“这花儿还活着，都开了花啊！”

“可不是吗！”爸爸笑着说，“孩子，你再看一看，它现在已经变成两棵了！”

小女孩高兴得坐也坐不住。她跟爸爸妈妈讲着几个月来在疗养院里的生活，讲到那些大夫和护士阿姨怎样给她治病，带着她玩儿，给她看好看的图画，讲好听的故事……天竺葵坐在窗台上静静地听着，它们跟小女孩的爸爸妈妈一样欢喜，一样觉得幸福和感激。

这个世界多么好呀！天竺葵们觉得：活在这个世界上是多么有意思啊！

1957年

小神风和小平安

一　古塔说的故事

寺庙早已倾塌了，留下几块残碑断碣。到处荒草丛生，一些脸黄肌瘦的蒲公英在点头簸脑，好像在凭吊似的。总之，在这荒凉的地方，除了一座七层的塔，用它那古老的式样和全部的庄严，宣告它的可尊敬的年龄和丰富的阅历以外，其余的都没有什么值得介绍的。

当然，这座古塔有许多故事。就凭它的年纪，也亲眼看到过许许多多的事情了。若是讲起那些法师、和尚和每一个进香的善男信女的故事；若是讲起那寺院当年的兴建和后来的败落倾塌的经过；若是讲起这古塔周围发生的一些变化；若是讲起……啊！一句话，这古塔所知道的故事可不知有多少。就是只讲它的一个故事，也要花费很多时间哩。我听到古塔告诉我一个故事，这并不是从古塔的石壁上读到的，而是从悬挂在古塔檐角上的风铃声中听到的。古塔总是爱用它的风铃来传话。

现在让我把古塔讲的这个故事告诉您。

在古塔的顶上一层塔室里，住着许多鸽子。他们彼此很和睦，从来不吵架，真个都是些好邻居。

鸽子们世世代代住在这里，他们自己也记不清有多少辈了。当然，古塔还记得当年第一对鸽子在塔顶上安家的事情。不过后来鸽子越来越多，而古塔那时需要注意的事情又很多，所以，它也没有很好去记住有多少鸽子，不过这并不重要，反正鸽子们都把这高峻的古塔当作自己的故居了。

每一个鸽子的家庭都很幸福地生活着。他们互相关心，不论哪家的鸽子有了什么事，别的鸽子就很快都知道了。他们谈论着谁旅行到什么地方，遇见了些什么奇怪的或者惊人的东西，谁家的年轻鸽子爱上谁家的鸽子姑娘了，谁家的鸽子爷爷添了第五代的子孙了……总之，和善的鸽子们有一个习惯，喜欢空下来在一起咕咕咕地聊天。他们常常谈到别人，不过丝毫没有恶意。鸽子们没有在背后说人家坏话的那种坏习惯。

有一天早上，太阳刚照到古塔上青苔最少的一面时，塔室里的鸽子们就已经在热烈地谈论着。他们的声音很大，不过，他们并不是在吵架。

“噢，真个是这样吗？”一只紫脖鸽子惊奇地问。

“可不是！那大的特别大，小的特别小！像这样的情形是很少见的。我看那大的以后准是了不起，现在连黄毛都还稀拉拉的哩，可是那翅膀就比别的小鸽子硬，大眼睛骨溜溜的，眼力一定特别好，真叫人喜欢！”说话的是一只肥胖的母鸽子，脖颈上有一道黄色的圈圈，看起来像带着一个项圈似的。她在热心地向大家报告，她邻家新添了宝宝的情形。她继续说：“可是那小的呢，瘦得皮包骨头，眼神也没有。只怕难养大哩！唉，我真替他担心！”

好心的鸽子们谈论了一会儿，有的就飞到添了小宝宝的鸽子家去探望。他们向那一对鸽子爸爸和鸽子妈妈夸赞着那强壮的小鸽子，说他有那样的翅膀和眼睛，将来一定是个出色的飞行家。他们又给那第二只小鸽子送几句吉祥的话，祝他能够平安长大。

鸽子爸爸和鸽子妈妈感谢了邻居们的好心。他们心里又高兴又发愁。高兴的是，按鸽子的年纪来说，他们都已经够老了，可是，他们现在又有了一对小鸽子！而且，其中的一个长得那么强壮可爱，那么受人夸赞！发愁的是，那另一个孩子却那么瘦弱无力，看着他那可怜样儿，心里就不由得发愁，——怕他活不长久！

但是，不论怎样，爸爸妈妈总是爱自己的孩子的。他们一样疼爱两个孩子。为了要寄托最好的愿望，特意给两个孩子取了最好的名字：

小神风！这是第一只小鸽子的名字。因为鸽子爸爸说，这孩子将来一定能够成为一只非凡的鸽子，飞得又快又远，像神风一样。

第二只小鸽子呢，也给他取了个名字，叫小平安。他们希望他能够平平安安、无灾无难地长大。唉！他是多么瘦小可怜啊！

两只小鸽子慢慢长大起来。真是谢天谢地！鸽子爸爸和鸽子妈妈总算放下了心。他们的那个小儿子虽然身体挺弱，可是也活下来了。他们心里多高兴呀！特别是小神风，长得越加与众不同了！他的淡红色的珍珠似的眼睛，亮得很有精神；他的翅膀虽然还满是黄绒毛，可是已经显得大而有力，只稍微一扇动，就把尘土和窝里的零碎羽毛扇得到处飞扬。

二　小平安的秘密

就这样，小鸽子们到了该学飞行的时候啦。

鸽子爸爸和鸽子妈妈每天教两个孩子飞。当小鸽子们已经能从地上飞到古塔的塔尖的时候，他们又把小鸽子送到有名的鸽子飞行家“千里一眨眼”那儿去学习。

“千里一眨眼”并不是轻易得到这个光荣职务的，就像他不是轻易得到这光荣的名字一样。他年轻的时候，曾经做过好几次千里以上的远程飞行，而且，就是在鹰隼袭击的时候也能够安然脱险。他在古塔里是最受大家尊敬的人物，现在年纪虽然老了，可是飞行好几百里还是一点也不在乎。所以鸽子们公推他担当起教导小鸽子的责任。原来古塔里的鸽子们有一个世代相传的好规矩，这是别处的鸽子们所没有的——他们把教养小鸽子当作全族最重要的工作。他们推选飞行最好，最受大家敬重的鸽子来教所有的小鸽子，要求他把每一只小鸽子都教成优秀的飞行家。鸽子们认为除了有很好的品性以外，谁都还该有出色的飞行能力，否则他就不能算作古塔里的好鸽子。

每天一早，小鸽子们在老千里的指导下学习飞行。他们的教室就是古塔周围几百里甚至几千里的天空和旷野。他们都认真地学习着，进步很快，因为他们不但有一个好老师，而且自己也都是些聪明勤恳的小鸽子。其中，小神风学得更好，他的进步比谁都快。

他真是一个天才的小飞行家。别的小鸽子能在树梢上空盘旋的时候，小神风已经能在白云底下翱翔了；别的小鸽子能看到四五里外的大黄牛的时候，小神风连青草地里跳动的野兔也能一眼就望见了。乐得老千里尽跟别人说：

“像小神风这样的孩子实在很少！他是一只具有天才的鸽子！只要他再肯勤学苦练，将来一定能成为一个最出色的飞行家！”

老千里是不轻易称赞谁的。别的鸽子们听到连他都这么说，就都确信小神风是一个小天才，将来前程远大，所以大家也在背后夸他。他的爸爸和妈妈听到了这种话，心里当然很快乐。小神风自己也知道大家在夸他，禁不住得意起来。

我是个天才！人家都这样说的。——小神风心里想，——天才是什么呢？就是……反正就是最聪明能干！我和那些蠢小鸽子可不一样！跟我的弟弟小平安也不一样！他多可怜！只是一只普通的小鸽子！嘿！比普通的小鸽子怕还差点儿哪！爸爸妈妈一定更喜欢我一些。……

小神风越是自以为了不起，就越来越骄傲起来，他看不起别的小鸽子，也看不起小平安。他觉得跟他们在一起没多大意思，他用不着人家帮助，可是人家在学习飞行的时候，总是要求他来指点指点。起初人家来求教的时候，小神风还觉得光彩，可是，不久就觉得讨厌了。有时，他就嘲笑说：

“哈！连这也不会？回家去让你妈妈教你吧！”

小鸽子们看到小神风这样，也就不愿意和他亲近了。每天早上，准备到老千里那儿去学习的时候，小神风爱让弟弟小平安先去，然后自己独自去上学。他不愿意小平安跟着他，因为小平安爱七嘴八舌问个没完，有时还老问些小神风觉得可笑的蠢话。

有一次在路上，小神风给小平安问得烦躁了，就说：

“你啊，我看，再学习得上劲些也不顶事！你看我并不那么多练多问，可你们谁也赶不上我，连老师也称赞我哩！呃，将来我一定会成为万里鸽！

你知道吧！我有天才，谁都这样说的。”

小平安睁着圆溜溜的像玛瑙似的小眼睛，吃惊地说：

“不上劲还行吗？那怎能学得好呢？我听老师说，不管天才不天才，反正就要勤学苦练，要不，就不能成为一个好的飞行家……”

说到这里，小平安又害羞地微笑一下说：

“小神风，我老实告诉你，你可别告诉谁，我有一个秘密……”

“什么秘密？”小神风诧异地追问着。

“我下了个决心，要飞得和人家一样好，不，要飞得比人家还要好些！”小平安说着，眼里闪着光彩。

“哈哈！哈哈！要飞得比人家好！”小神风几乎笑痛了肚子，“你想得真好！可是，你知道吗？你不是什么天才，你只是一只傻小鸽子！”

小神风笑着说完，就丢下小平安，独自飞走了。

小平安待了一会儿，他几乎要哭出来。可是他忍住了，没有哭。

为什么小神风要耻笑我呢？——小平安想，——嗯，让他去笑我吧！我要让他看到：我有决心！我要办的事就一定能办到的!

三　飞行练习

小平安想到就做。

他每天坚持练习:练习上升到最高的空间,直到空气稀薄到呼吸困难,也要坚持一些时候;他练习从高空突然飞快地削下来,就像那雹子骤然落地一样;可是临近地面的时候,又一霎时平着地面飞行,这种动作使他的心脏剧烈地跳动,可是他也忍受下来了;他练习不间断地飞行一二十里到三四十里,飞得他翅膀酸痛,可是他咬紧嘴巴,一定要飞完自己预定的路程。不论天热天冷,不管刮风下雨,他都要这样做,没有一天中断。他不怕艰苦,不怕麻烦,就是别人笑他,他也不管。

小平安知道自己的目力比不上小神风好,所以决定努力锻炼,让自己看得更远更清楚。每天清早,在太阳还没出来时,他就用第一滴露水洗他的眼睛。据鸽子们相传,这是他们使自己的眼睛晶莹明亮,目力敏锐清楚的一个秘诀。洗过眼睛之后,他就飞升到高空,从云的缝隙里窥看地面上的东西;有时他又停在树枝上,凝目看那迎风飕飕飘动的叶片上的细纹……

经过这样刻苦地不松懈地锻炼，小平安的翅膀果然越来越有力了，眼光也越来越敏锐了。他变得跟别的小鸽子飞得一样好。不，甚至可以说他飞得比他们还要好一些。所有的鸽子们看到小平安那种惊人的毅力和飞跃的进步，都觉得吃惊。鸽子爸爸和鸽子妈妈生怕他累坏了身体，叫他不要过分。小平安听了，就说他知道适当地锻炼自己，不会太过分。鸽子爸爸和鸽子妈妈看到小平安的身体果然越来越好，技术也越来越进步，也就放心了。

可是，小神风却并不怎样高兴。

嘿！你大概是想超过我，让大家来夸你吧？——小神风心里暗想，——可是你知道你自己是什么！你才不过是一只普通的小鸽子；我呢，我却是天才！我只要稍微用一点力，就会把你甩在后面老远！瞧着吧！哼！

小神风仍然没有加紧学习。不久，鸽子们都认为小平安已经比哥哥小神风飞得更好了。说实在的，小神风已经不能算老千里最优秀的学生了，比他飞得好的小鸽子还不止是小平安一个哩。

“千里一眨眼”对小神风说：

“小神风，你看，别人都在赶上你。你弟弟身体本来那么差，可是现在他的成绩比谁都好。你应该跟小平安学习——学习他这种刻苦努力的精神。要不然，小神风，你要落后了！”

小神风听了，低着头一声不响。他实在很不愿意听到老师表扬小平安，可是老师甚至还让他去向小平安学习，这样的话叫他听了简直生气！

向小平安学习！他有什么可学习的？——小神风心里又气又羞，——倒说叫我去向他学习！他又不是天才！只凭一股傻劲，有多大出息呢？顶多只能比普通的鸽子飞得好一点罢了！

从那一天以后，小神风又认真学习起来了。因为他虽然不愿意听什么向小平安学习的话，可是他确实也不愿自己当真落了后，让人家笑话。真是啊，难道一只天才的小鸽子能够连起码的小鸽子也比不上吗？

他加劲学习，刻苦锻炼，果然不过半个多月，就又追上了人家，重新成为古塔里飞行最好的小鸽子了。鸽子们又时常提起他，说小神风到底是一只有出息的小鸽子。他的爸爸妈妈和老师也高兴地说：

“咱们小神风是好样儿的，能够接受教训。”

可是，这样的时间并不太长。小神风听到了人家的称赞，他的骄傲自大的毛病慢慢又发作了。

可不是人家瞎操心吗？——小神风得意地想，——现在人家都看到了：我只稍微加一把劲，又把他们甩在后面了！这就叫天才！天才！

这些时候老千里正带着小鸽子们学习远程飞行。鸽子们都知道，远程飞行并不像一般飞行那样简单，这需要极大的体力、毅力和勇气。一出发就得费一整天，有时要二三天才能来回。他们不是飞行几十里，而是一百里，有时甚至是三四百里！做这样的长途飞行，还需要严格的纪律和互相帮助。例如得规定谁在先头探路，谁在左右和队后警卫，一有情况就及时通知大家；谁得注意天时变化，以便及早找安全地方来躲避；还有，什么时候起飞，什么时候休息，什么时候吃东西，也都得听老千里的命令，不准自由行动！

小神风在长途飞行中起初还觉得新鲜有趣，可是很快就厌烦了。他特别不满意的是一路上老千里管得很严，对他这样优秀的学生也一点不例外。哪怕小神风觉得累了，翅膀很酸痛了，可是老师也不准随意休息；哪怕小神风想在什么地方玩一会儿，老师也不允许。

这玩意儿多么枯燥，真是一点也不自由，一点也没趣味！唉，老师简直不懂该怎样教我这样的学生。他不知道我已经学得很好了！我独个儿就能做远程飞行，用不着参加这种没意思的练习！他们那些普通的鸽子，才需要这样做呢。——小神风抱怨地想。

于是他有几回故意不参加，推说自己病了，独自飞到野外田地里捡剩下的谷物吃。他研究哪些食物的味道比草籽好，在什么地方可以多吃到食物……疲乏了的时候，就在树上打盹，或者到小河边去洗澡。这一切都可以随心所欲，没有谁来打搅他管束他，真是痛快极了！自由自在极了！想想那种远程飞行的学习，真是多么没味儿啊！

四　小神风出游

有一天，小鸽子们都要出发去做长途的飞行练习。小神风懒得参加，他愁眉苦脸地跟老千里说，他的一张翅膀昨天别了筋，疼得不得了。老千里就叫他留在家里好好休息。

老千里带着小鸽子们飞走了。小神风并不回家，他独自在野外到处玩耍。

“秋天真是玩耍的好天气呵！”小神风看到那

蔚蓝的天空，在阳光下耀眼的湖泊，田间橙黄的庄稼和忙碌着的农人，以及那点缀在苍翠的树丛中间的红叶，这些构成了一幅巧妙的图画。

不过，玩了一阵，他却又觉得有些寂寞。是啊，没有谁跟他在一起，他多么孤单啊！

小神风停在湖边的一棵垂柳上，看着一群小鱼在湖边游，他们由一条大鱼带着，在学游泳。他们其实都游得很不错，有的尾巴一扭，一下就钻到了湖底，有的一个呼哨跳出水面来，随后就混杂在小鱼群里，于是小鱼们一起乱哄哄地散开来，一会儿又聚成了一团，就像傍晚回窝的成群结队的老鸦一样。

小神风叹了一口气，就飞开了。他飞到一个菜园里，看见角落里放着一个木箱，里面嗡嗡地直响，好像就要烧开的汤锅的水一样。从木箱里，有许多蜜蜂出出进进的，他们忙忙碌碌地飞到野外去，寻找他们需要的储藏蜜汁的花，然后采了蜜，又忙着回家来。小神风觉得这些小家伙很有趣，就停在蜂箱旁的一棵老桑树上看着，看着。

蜜蜂们在收集着一年中的最后的粮食，他们虽然工作得很紧张，可是却一点也不松懈地注意着发生的情况，因为他们知道，有许多坏蛋就是自己从来不工作，却尽想去偷走或抢走他们一年辛勤积蓄的蜜。他们发现桑树上有一只鸟，长久地停在那儿，死死地看着他们的蜂箱，就警觉起来了。

“你在这儿干什么？”一只蜜蜂飞到小神风身旁嗡嗡地叫。

“我在看你们玩儿哩！”小神风更加清楚地看到了蜜蜂的金黄色带花纹的身子，和透明的翅膀，还看到他的圆溜溜地鼓出的两个大眼球，更加觉得那样儿很滑稽，“你们叫什么呀？……啊，蜜蜂？你们大概不是鸟儿吧？……真有趣！”

“真奇怪，你这只鸟儿！”蜜蜂生气地说，“快走开！现在谁都在忙着工作和学习，可你却什么事也不干，待在这儿闲逛荡。走开！走开！”

“要你管吗！”小神风觉得受了侮辱。像这样小的蜜蜂也来管他的事情！他恼羞成怒，气得眼睛也红了。

“我不管你，我只要你走开！”蜜蜂说，“你要不走的话，就会知道，我们蜜蜂是不喜欢人家来打扰的！”

“你这一丁点儿的小东西！还敢吓唬我！”小神风怒气冲冲地叫着，“让你知道我小神风是怎样的一只鸽子！”

小神风闪地伸出一只翅膀来打那饶舌的蜜蜂。哪知那蜜蜂比他更灵巧敏捷，一下子让过，在小神风的脖子周围飞了一圈，就冷不防在他的鼻子上刺了一下。小神风痛得直晃脑袋，用翅膀来抹鼻子，想把那叫人痛得头晕眼花的刺拔掉，可是哪里拔得掉，只待了一会儿，鼻子就肿起了一颗大豆般的包。

小神风展翅就逃，一下子逃得远远的，直到再也看不见那可怕的菜园的地方，才停下来。他钻在密密的树叶里，让谁也看不见，本来他连哭的工夫也没有，到了这一刻，才因为又痛，又在那么小的小东西手里吃了亏，觉得丢人，开始哭起来。

他在那儿哭了半天，直到后来痛得稍微轻一些才停了哭。这时，他肚子也饿了，心想到哪儿去找些东西吃。他从茂密的树叶间飞出来，这时已经不那么昏头昏脑了。他先在小河边的沙滩上喝水。在那水里，他看见自己的脑袋肿成了奇形怪状。

唉，回去怎么跟爸爸妈妈说呢？说我跟一个小小的怪物打架来着？——小神风难过地想。

正这时候，有一伙麻雀，叽叽喳喳地打小河上空飞过。

“啊呀！这是只什么鸟呀？”一只独眼的麻

雀向小神风飞过来，奇怪地问，“我看是只小鸽子吧？怎么鼻子肿眼睛歪的，该挨了打吧？嘻！嘻！嘻！嘻！”

小神风简直羞得要把脑袋伸进翅膀里去。

“啧！啧！啧！还哭过哩！”独眼麻雀笑着说，“真是只小鸽子，娇生惯养的！走！别在这儿发傻了！跟我们一起走吧！那儿人们正在收割稻子，咱们好好去吃它一顿！”

小神风觉得这独眼麻雀很和气，在这样的时候来安慰他，还要带他一起去吃东西。他现在正想着要吃点东西呀！

于是小神风就和独眼麻雀一起飞了。那独眼麻雀看来是非常爱交朋友的，他一下子就跟小神风搞得很亲热，说长问短，小神风就把刚才发生的事情和他怎样独自出来的原因都告诉了他。独眼麻雀笑着告诉他，那会飞的刺人的小东西叫蜜蜂，这是不好招惹的家伙，以后可千万别跟他打交道，而且在他们蜜蜂那儿是什么吃的都捞不到的。独眼麻雀又说，他认为小神风真是一只能干的小鸽子，不去参加什么远程飞行的练习是聪明的。

“那有什么意思呀！我和我那些朋友们（他说的是那些麻雀们）也都跟你一样，飞那么远远的干什么？难道谁在那儿等着请我们吃喝吗！我们每一个有翅膀的，天生都是飞行家，不学也会！”麻雀狡猾地眨着他那只独眼说，“咱们不用飞那么远，可是吃的喝的，哪样不比人家好？咱们交个朋友吧。以后你尽跟我们玩儿，包你吃喝玩乐，痛痛快快，比跟小鸽子们一起学习强多了，比独个儿玩也强多了！……怎样？你说怎样？小鸽子？”

“好，独眼大哥。”小神风高兴地说。

过了一会儿，小神风又问独眼麻雀说：

“独眼大哥，你的左眼怎会坏了呢？”

“哟！那个吗？”独眼麻雀做个鬼脸说，“有一回我在人家打谷场上吃东西，给一个孩子打了我一弹弓，打坏了这个眼睛！哼，这些男孩子们什么好事也不干，尽打我们麻雀！”

“怕是恨你吃了他们的粮食吧！唉，我们现在去的地方有没有男孩子啊？”小神风听了麻雀的话，不由得有些胆怯起来。

“不要怕！吃点粮食算什么？我们不吃，人家会吃，男孩子们现在不会在那儿，他们在学校里。”独眼麻雀一面解释，一面叫小神风快飞。

他们很快追上了飞在前头的那一伙麻雀。独眼麻雀把新朋友介绍给大家。这些麻雀们都是些捣蛋鬼，一路上打打闹闹，还嘻嘻哈哈地跟小神风开玩笑。小神风觉得和他们在一起，真是有趣极了。

不久，他们飞到了一块稻田。稻子已经全熟了，倒伏在田里。农民们，男的和女的，都忙着在那儿割的割，捆的捆，挑的挑，忙得头也不抬。那些沉甸甸的稻谷，把人们肩上的扁担也压弯了。长满老茧的粗壮的手，不论是在割的还是捆的，都灵巧迅速地动作着。人们工作得多么紧张啊！

麻雀们像秋风中的落叶似的散落到田里，小神风跟着独眼麻雀在一起。麻雀们因为有那样丰盛的食物高兴得都乱叫乱跳，简直忘记了稻谷的主人们还在场哩。他们肆无忌惮地啄食着。人们眼看这些小强盗来抢他们的粮食，多么气愤啊！他们拍着手，直着嗓子叫，有的还挥动扁担来威吓。可是，有什么用呢？麻雀们从这里被撵走了，又落到别的地方去吃，他们甚至还嘲笑那些干着急没办法的人们。

小神风不知是鼻子痛，还是因为第一次参加这样的事情，觉得这些稻谷虽然新鲜饱满，可是吃起来味道似乎并不怎样好。他有好几次呆呆地看着那些农民们，心里想，是不是该早些走开好呢？看见那样怨恨焦急的眼睛和脸色，是很叫人难受的呀！

可是，独眼麻雀笑着叫他：

“小神风！你干吗发呆？害怕吗？这有什么可怕的，人没有翅膀，可是我们有翅膀！他们能对我们怎样呢？吃吧！快吃！吃个饱！那么多的粮食，帮他们吃掉一点是没罪过的。”

这独眼麻雀说着，还故意从一个农妇的头巾上飞过，嘴里“叽咣！叽咣！”地嘲笑着，就在她跟前停下来啄了几颗谷粒，等她挥手的时候，才又不慌不忙地跳了几步，然后嘟地飞开了。

“你看，她能把我怎样呢？”独眼麻雀飞到小神风跟前，狡猾地眏着独眼说，“他们都知道，我们不是容易打发的！老实说，像我们现在干的事，不是聪明大胆的英雄好汉是干不出来的。”

不安的心情很快就过去了。

小神风就这样和麻雀们交了朋友。他们常常在一起吃吃逛逛。他和麻雀们一起去偷农民们的谷粒，羞耻和难过的感觉也慢慢没有了。他吃得又胖又肥，连飞得稍远些也觉得吃力了。他觉得跟麻雀们混在一起又快活又舒服，不去学远程飞行，那又有什么呢！

古塔里的鸽子们都看出来：小神风在这些日子里变了。好心的邻居们就去告诉鸽子爸爸和鸽子妈妈。鸽子爸爸非常生气，他把小神风禁闭在塔室里的一个小佛龛内，不许他跟麻雀们一起去鬼混。鸽子妈妈看到小神风垂头丧气的样子，心里不忍。她流着眼泪跟小神风说，以后不能再胡混，要专心跟大家一起学习，不然她的心都要碎了。

小神风向妈妈保证，以后要好好学习，不去找麻雀们一起玩儿了。他爸爸把他放了出来。小神风害怕严厉的责罚，不敢再去找独眼麻雀他们。可是，他心里很想念他们。他跟小鸽子们在一起学习时，劲儿总不怎么大。他还是满以为自己用不着费那么多精神。他以为一只聪明的鸽子，应该懂得怎样应付老师和爸爸妈妈，应该懂得怎样想办法痛痛快快地玩儿，别的什么都是不重要的。

五　月夜的搏斗

有一天半夜里，小平安忽然醒了。他从翅膀里伸出头来。古塔内外寂静无声。所有的鸽子们都还在熟睡。塔室里给月光照得通明。

小平安以为天已经亮了，也不惊醒别人，就轻轻走出了窝，飞出塔外。看到月亮把银光照射着大地，才知道还没有天亮，可是他不愿意再回窝去睡觉了，心想趁着月色，练练飞行的本领也好。

小平安绕着塔尖飞了十来个大圈，越飞越有劲，索性飞到了一个树林里。从空中望下去，所有的叠叠层层的树冠，在月光下好像都涂上了一层水银。

这树林小平安是很熟悉的。他还认得住在这里的一些朋友，像鹁鸪、喜鹊、白头翁、画眉等，不过此刻他们当然也都还在睡觉。树林里除了风动树叶轻微的响声以外，什么声音也听不见。

小平安并不降落到树林里去，只在树林的上空盘旋。

忽然，他听见有一点儿什么声音，——似乎是翅膀扇动的声音，不过，这决不是自己翅膀的声音，却是在他上面的天空中。小平安警惕起来，向上一望，只见一个小小的黑影闪的一晃，就不见了。

“这是什么呢？谁在夜里飞翔呢？难道他也是在做练习吗？”小平安疑惑地想，“不！也许是什么坏蛋吧？”

他就想离开这儿，这时候，忽然又看见——不是上空，却是在下面的树林里，——两颗绿莹莹的光一闪，随后一个大大的怪鸟，从树间飞升起来，向着小平安恶狠狠地扑来。

小平安大吃一惊，他还没有看清到底是什么鸟，就转身飞逃。小平安飞得快，那怪鸟飞得更快，只听到翅膀振动空气的响声越来越近。小平安心里一急，觉得翅膀就没力了。心里想：

完啦！我为什么要在这时候出来乱飞呢？现在准得送命了！

小平安扭头一看，那怪鸟已经离他不过十几丈远，这时月光照得分明，那庞大的身体和翅膀，两只骨溜溜的凶恶的大眼睛，又尖又弯的钩子嘴，可怕的爪子……这不是猫头鹰是谁！

“小鸽子，乖乖的，别想逃了！”猫头鹰一面追赶，一面咯咯笑着叫喊。

小平安更加惊慌了。

“小平安，不要害怕！赶紧飞呀！”

小平安听到了一个声音，这声音就在自己头上。在惊慌中一时也没工夫辨清是谁。不过，这一声却使他顿时增加了勇气。他用尽所有的力气，翅膀扇得更快更急……

在小平安的头顶上，一个影子又出现了，这影子突然一下子急急落下来，冲到猫头鹰跟前，闪电似的一掠而过。

那猫头鹰给扰乱了。他看到眼前闪过一只大鸽子，就舍下小平安，急忙去追大鸽子了。

小平安头也不回地尽飞尽飞，一面想：刚才的声音到底是谁的？忽然一下子想起来，那声音就是老千里的声音，不由得又喜又愁。喜的是老千里，他的亲爱的老师，忽然来救他；愁的是，老师为了救他竟故意诱猫头鹰去追自己。要是他被猫头鹰抓住了，可怎么得了呢？

——老师舍着命来救我，现在他自己也很危险呀！难道我能眼睁睁看着他为我受难吗？不！我非得也去救他不行！

小平安心里这么想着，再也不考虑自己的生命危险了。他回身又向那危险的地方飞去。

小平安飞得高高的，高得几乎不能再高。他盘旋着，居高临下，在明亮的月光中看得清清楚楚，只见猫头鹰和老千里的背都被月光照得发亮，就像两条浮游在深黑的海面上的发光的鱼一样。他看见猫头鹰跟在“千里一眨眼”的后面，可是，老千里是那样的镇静，又是飞得那样矫捷，好像他在跟那肥胖粗鲁的猫头鹰玩捉迷藏。

小平安看得又惊又喜，老千里的飞翔能力是多么高明啊！他真佩服极了。不过，他还是担着心，要是老师一不小心被猫头鹰捉住了，那可就糟了！

忽然，他看见，猫头鹰离老千里不过几丈远了！

小平安不管三七二十一，从上面像箭一样射下来，打猫头鹰的鼻子边掠了过去，就像刚才他老师做过的那样。

那猫头鹰冷不防看到眼前一个东西飞闪而过，吃了一惊，等到看清楚是原先那只小鸽子，就气势汹汹地放下大鸽子，又去追赶小鸽子了。

老千里也为这意外的举动吃惊。他很快就明白：那是小平安害怕猫头鹰伤了自己，特意来诱猫头鹰分散注意力的。

老千里不由得暗暗夸赞着这只勇敢的小鸽子。

过了一阵，“千里一眨眼”又故意去逗引猫头鹰，让他来追自己，好使小平安休息一下。他们俩也不用商量，就用了这办法来对付那可恶的猫头鹰。

猫头鹰又气又急，眼看着两只鸽子在面前飞来飞去，一大一小，就像流星一样只能眼看，却不能到手！

猫头鹰一会儿追大鸽子，一会儿追小鸽子，累得他直喘气，越来越没气力了。……自从他出世以来，还没遇到过像这样狡猾的猎物哩！

过了一会儿，公鸡一声长啼，就像吹响了号角

一样，月亮的光这时已经暗淡了，可是天空却格外明亮。原来金光四射的太阳从海的波涛织成的锦被里钻出来，他的光一照到这世界，猫头鹰立刻像被利箭射中了眼睛一样。

“哼！今天饶了你们吧！”猫头鹰一面喘气，一面叫着。

老千里迎着阳光，哈哈大笑说：

“瞎眼贼！咱们再来玩儿一阵吧！”

猫头鹰忙了半天，什么也没捞到，又听了鸽子的嘲笑，更加气得要命。可是，他又不敢在天空逗留，因为他很明白：一会儿太阳就要更明亮，那时，自己就会什么也看不见，并且要倒霉地落到猎人的手里去。

他急急忙忙飞进树林，钻进那阴暗潮湿的树洞里去，在里面又是喘气，又是怨恨。

天空中霞光万道，鸟儿们都出来了。他们在蔚蓝的天幕下飞翔歌舞，赞美着太阳和欢乐美妙的一天的开始。

老千里和小平安并排向古塔飞去。小平安谢过亲爱的老师，又问老千里怎么会在那儿的。老千里笑着说：

“我那时也没睡着，看见你从塔里飞出去，我心里奇怪，决定跟你去看看。我一直离着你一些，飞得比你高，我看得清你，你却看不见我。”

“哦！老师，我有一次发觉头上有谁在飞，现在知道那就是您！”小平安说。

“是啊！”老千里继续说，“我看了一会儿，知道你是在做练习。孩子，你这种顽强的学习精神真不错！你跟我小时候一样！‘翅膀毛越飞越硬’，这就是我们鸽子祖先留下的格言。你看，我直到现在，还是每天不断地锻炼，要是荒疏了，那么，我们就再不能远飞了。就说刚才跟猫头鹰打交道的事儿吧，你知道，猫头鹰是不好惹的。可是，说实在话，我并不怕他！我一生遇到过许许多多凶恶的敌人，比猫头鹰更厉害的秃鹰我也碰到过！可以说，怎样应付各种敌人，我是受过生活的锻炼的。我知道，猫头鹰是个又蠢又猛的家伙，成天躲在树洞里，怕见太阳，身子养得又肥又笨重，翅膀虽然大，飞行的本领并不算太高明，所以我敢和他开玩笑。”

小平安露出敬佩和羡慕的眼光说：

“老师，有一天我能学到像您这样的本领就好了！”

老千里笑嘻嘻地说：

“小平安，我早就看出你是有志气的！”

“可是，老师，人家都说我没有天才。”小平安害羞地说。

“不！孩子，你一定会成功！我已经看出来，你是勤快、勇敢，有毅力、有坚强信心的小鸽子！这些就是成功的保证！原先，人家都说你哥哥是天才，可是他不肯努力，他太骄傲，我担心这样下去，他不可能成为一个有才能的飞行家。”老千里忧愁地说着，又看着小平安说，“小平安，你要记住，在任何时候都不要骄傲！”

“老师，我记住了。”小平安说。

“再过半个月，就是我们鸽子的‘天鸽节’。年轻的鸽子们都要参加竞技大会和飞行比赛，小鸽子们也有自己的各种竞赛。小平安，你可以好好准备一下。不过要切记，以后千万不能再在半夜里飞出来，那样不但有危险，而且会影响健康。”

六　天鸽节的比赛

“天鸽节”很快就到了。

据鸽子们说，这个节日大有来历。当年有一只公鸽子和一只母鸽子，各自从很远的地方飞来。

他们在古塔上相遇，结成了夫妇。有一天，母鸽子独自在塔中喂小鸽子的时候，忽然来了一条蛇。母鸽子为了保护小鸽子，就奋勇啄瞎了毒蛇的一只眼睛，可是自己却被毒蛇咬死了。这时公鸽子从外面回来，看到自己的妻子死了，非常悲痛，就拼着命跟毒蛇搏斗，把毒蛇的另一只眼睛啄瞎，自己也被毒蛇咬死了。有一位仙人被鸽子们的无畏精神深深感动，就把他俩救活，带到天上，成了天上唯一的一对仙鸽。后来他们的后代在古塔里越来越繁盛，为了纪念值得夸耀的祖先，把这古塔上第一代鸽子死去的那日子定为“天鸽节”。在这一天，古塔里所有的鸽子都欢欢喜喜地庆祝节日，还举行各种比赛会。年轻的鸽子们特别兴高采烈，打扮得漂漂亮亮，参加各种活动。

在所有的活动中间，最吸引大家注意的，是一次特技性质的“红藓苔竞赛”，参加的都是飞行特别好的年轻鸽子。他们要在古塔的黑影从塔下的最底层第一级石阶上，伸长到那棵古老的银杏树的树根这个时间以内，沿着规定的路线，飞完一百里路程。最困难的是中间还必须从一个半里长的风洞里穿过。最后，还要钻进有名的“红藓苔瀑布”，在瀑布背后的岩石上，采一张鲜红的藓苔叶片带回来。相传当年仙人就是用这种红藓苔来救活古塔上的鸽子祖先的。所以鸽子们都认为在“天鸽节”第一个采到红藓苔的鸽子，可以得到幸福。

小神风和小平安都报名参加这个比赛。鸽子们都在猜度，今年该谁在这个“红藓苔竞赛”中获胜。有的打赌说，今年有了像小神风那样出色的飞行新手，这第一名的荣誉，一定要被他得去了；有的认为，小神风是去年获得第一的年轻鸽子“玉眼”的劲敌，不过小神风得胜的希望不见得比“玉眼”大；至于小平安呢，谁也没有提到他，因为大家都认为他虽然是一只很要上进的鸽子，可是天资有限，能够采到一张红藓苔叶已经不容易了，要获得第一，那是不能想象的。

那天，天气很好。早上的太阳把古塔照出一个很长的影子。慢慢地这影子越来越缩短，再过了一会儿，塔影就移到古塔西边的第一级石阶。这时太阳当天，“红藓苔竞赛”就要开始了。二十只参加比赛的年轻鸽子，停在古塔的塔尖上。

高空中忽然响起一阵清脆响亮的鸽哨，那是司号令的老千里发出的。等到鸽哨第二遍响起的时候，二十只鸽子一霎时都振翅而飞，飞到老千里所站的那个高度，然后就往东直飞……

一开头，那年轻力壮的“玉眼”飞在最前面，后面紧跟着小神风。小神风有心要在今天一显身手，这几天来，他也花了很多工夫来练习飞行的本领。现在，他用尽两只翅膀的力量，飞得像闪电一样，想一下子超过“玉眼”，但是“玉眼”却飞得更快，头也不回，直向前飞去。小神风追着追着，却没法飞到“玉眼”前头去。回头一看，却见别的鸽子都落在自己后面，最近的一个，相距起码也有半里远……

小神风心里想：别的鸽子都不是自己的对手，就这“玉眼”却是个劲敌，无论如何，今天非得胜过他不可！这样全古塔的鸽子们都会说：“小神风真个了不起！祖祖辈辈也没出过这样有天才的鸽子！”这样，他就会成了古塔里的英雄，有一天连老千里那样的鸽子也要佩服他！

于是，他又努力用最快的速度飞上去。有几回，小神风几乎离“玉眼”不过三四丈远，这样的距离对鸽子们来说，简直就等于没有什么距离了，只要小神风再飞得稍快一些，就马上可以和“玉眼”飞到一起去，并且超过他。“玉眼”仍旧头也不回，可是，似乎他的尾巴上生了眼睛似的，这时也飞得更快了，重新又让小神风落到半里来远的后面。

等飞过五十多里以后，情形又不同了。原来，小神风因为长久以来练习比较少，又加上身子也太肥胖，所以越飞越累，觉得自己的身体也愈重了。飞行速度越来越低，到后来，他和“玉眼”的距离拉长到了一里多。更糟糕的是，原先落在他后面的那些鸽子，起初是一个，后来是第二个，再后来是第三个，飞到他前面去了。

小神风急了。他发了狠，再鼓起劲飞得快些，在一个时间内，他和这三只鸽子展开了剧烈的竞赛，一会儿他落后了，一会儿他又追到前面去了。

无论如何，就算我不能胜过“玉眼”，也决不能再落到其他鸽子的后面去！这是一次不寻常的比赛啊，全古塔的鸽子都注意着，我不能失败。要是连那些普通的鸽子也比不过，人家会笑我是个什么样的天才啊！——小神风心里着急地想着。

可是，再过了一些时候，——那时大概已经飞过了六七十里的路程，小神风的气力越来越差，三只鸽子都飞在他前面，他再也赶不上了。前面有一座插天高山，远远看去，可以看见山上有一个发亮的洞，原来那就是一个对穿的有半里深的窄窄的山洞。等到一飞近洞口，小神风陡然觉得从洞口里刮出一股有力的冷风，像一只强有力的手把自己猛力推了一下，几乎要从空中摔下山脚去。

小神风几次向那山洞里飞去，可是几次都被这股猛烈的风推了出来。最后一次，好不容易钻进了风团的中心，小神风进了山洞。洞里迎面的风逼得他气都喘不过来，眼也睁不开。他竭力支撑忍受着，飞完了这个山洞。这时，他已经累得上气不接下气了。

我怎么办呢？——小神风想，——继续向前飞呢？还是找个地方休息一下就回去呢？……唉！多么糟糕！要是我连一张红藓苔叶都没采到，回去该怎样被人家耻笑啊，不！不能！我应该继续飞到“红藓苔瀑布”去，好歹得把红藓苔叶采一张来。落在我后面的还有好些鸽子啊。

小神风又继续向前飞行。

忽然，他觉得后面又有谁在赶上来了。回头一看，不由得吃了一惊，原来正是小平安！

“哥哥！我赶上来了！你快飞呀！”小平安高兴地叫着，“让咱们俩赶到头里去！”

“哼！”小神风喘着气应了一声。

现在，兄弟俩展开了剧烈的竞赛。小神风决心不让弟弟占上风，要是在这样一个重要的比赛中，连自己一向看不起的小平安都胜过了他，那小神风还有什么脸见人啊！

小神风使尽气力，飞得不能更快了。可是，小平安却和他齐头并进了。

小神风怨恨自己的气力不够。他后悔过去太相信了自己的天才，太放松了练习，现在，已经很清楚：他今天肯定是失败了！他觉得自己的气力已经用完了！

小神风眼看着小平安越过了自己，飞到前面去了。过了一会儿，小平安飞到自己前面十多丈远了！

“唉！”小神风叹了口气，他忽然转个方向，不向前，也不向后，却向另一个方向飞去了。

七　神鹰的礼物

一路领先的“玉眼”，最先飞到“红藓苔瀑布”。去年他曾经在瀑布里面潮湿的岩石上第一个采得一张红藓苔叶，今年，没问题，他又将把冠军稳稳夺到手里了。

可是，事情很意外。在他飞到“红藓苔瀑布”不远，已经能够听见瀑布喧天的响声时，忽然发现在倾泻着瀑布的那山岩上，有一只羽毛火红的鹰停在那儿。这只鹰有那么大，就像是叠在那山顶上的一块岩石似的。

这只大红鹰在那儿，呆呆地看着那咆哮的飞溅着水珠的瀑布。

“玉眼”一下子吓得心头乱跳，转身往后便飞。

“小鸽子！小鸽子！”那红鹰用响亮的声音叫着。

“玉眼”格外心惊胆战，他知道那鹰已经看到了他，就飞快地逃走了。可怜的“玉眼”，他哪还想去采什么红藓苔呢？要是不能飞快逃开，那么，今天准会充当这大鹰的一块小点心了！

“玉眼”飞着，飞着，仿佛还听见那红鹰在喊他，似乎在向他请求什么似的。可是，瀑布的声音很响，大鹰到底在说些什么，也听不清楚，他只是尽快尽快地飞着，要离这可怕的大鹰越远越好。

“快飞回去！那边有只大红鹰！”“玉眼”碰到了第二只快到达“红藓苔瀑布”的鸽子，就气急败坏地告诉他这个意外的消息。

于是第二只鸽子也心惊肉跳地回身就飞。

接着，第三只，第四只鸽子也向后转了。

小平安迎面遇到了他们，看见谁也没有带着红藓苔叶，心里非常奇怪。“玉眼”他们又把大红鹰的事说了一遍，小平安听了，更加觉得奇怪了。

“他为什么要停在那儿呢？要是这鹰要伤害我们的话，他又为什么不追赶我们呢？”小平安想了一想，说，“莫不是你把岩石错看作大红鹰了吧？”

“笑话！”“玉眼”几乎生气地说，“这样好的大白天，像我这样的好眼力还会看错？你要不信，自己去看吧！”

“我就不信！要是真个是大红鹰，那么，他为什么不追‘玉眼’呢？‘玉眼’还说听见大鹰叫唤他，既然鹰发现了鸽子，还能不追吗？这一定是‘玉眼’飞累了，眼花了……我一定要亲自去看一看！”小平安这么想着，就继续向前飞去，别的小鸽子劝他不要冒险，他也不听。

不久，他就飞到了“红藓苔瀑布”，老远他就注意到，果然有一只浑身红得像火烧似的大鹰停在岩石上，发愁地看着底下的瀑布。

小平安正在想着，他到底应该穿过瀑布去取红藓苔呢，还是像“玉眼”他们那样赶快转身回去？忽然听见那大红鹰在叫：

“小鸽子！小鸽子！”

他的声音是那样响，在喧闹的瀑布声中也听得很清楚。小平安疑神对他看着，只见那大鹰展开翅

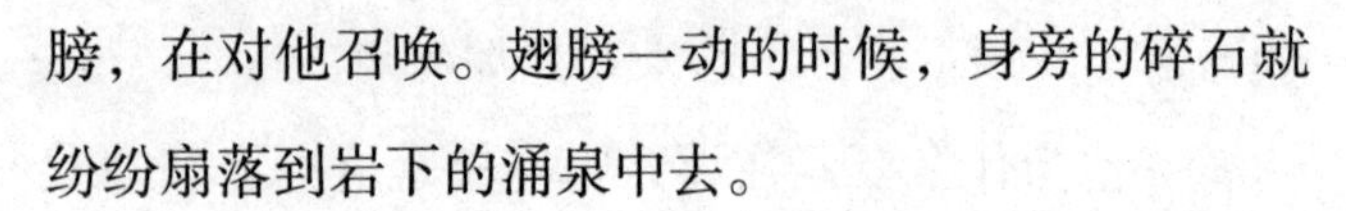

膀，在对他召唤。翅膀一动的时候，身旁的碎石就纷纷扇落到岩下的涌泉中去。

“小鸽子！到这儿来吧，不要害怕！请你来吧！”那响亮的呼唤声里充满了诚恳的请求的语气。

小平安踌躇了一下。他心里也有些害怕，但是从大红鹰的声音中，丝毫也听不出有什么恶意，就鼓起了勇气，向那岩石上飞去，停在大红鹰的旁边。

“你不要害怕，小鸽子，我不会伤害你的！”大红鹰低下头来，用那神色黯淡的眼睛看着脚边的小鸽子，“我并不是普通的鹰，我是一个山国里的神鹰，我一生不沾水，渴的时候喝铜浆铁液，我一生不吃肉，饿的时候就吃山岩石卵。我已经活了许多许多年，一生中连一只小山雀也没有伤害过。”

小平安怀着无限惊奇和尊敬的心情仰望着大红鹰。他看到大红鹰的每一片羽毛都红里发黑。他还能听到大红鹰的胸脯里心脏在突突地跳动，还能感觉到他身上从头到脚好像都发散着火烧一般的热气。他自己站在大红鹰的脚边，就像一个渺小的山雀停在庄严美丽的大天鹅的旁边一样。

“他在这里有什么事呢？”小平安心里想，但是没有问出来，只静静地惊疑不定地看着他。

“我到这里已经有三天了。我等待有人能帮助我，现在我等到你了！”大红鹰又说。

“我？”小平安吃惊得简直不相信自己的耳朵，“可敬的神鹰！像您这样巨大有力、神威远播的人物，还有什么事需要别人来帮助呢？即使您需要人帮助的时候，也决不能找像我这样渺小无力的鸽子啊！”

“亲爱的小鸽子！你不知道，我告诉你吧。六天之前，我做万里飞巡的时候，无意中飞到了北海，我张口长啸，口里衔的一块岩石从万丈高空掉落到海中，把北海鲛王的王子打死了。鲛王生气了，他亲自带领九万水族对我发射鱼钩毒箭，鲛王的一支箭射中了我的咽喉，我已经把箭拔了，但是毒已经在我的身体里。医生们都说，鲛王的毒箭可以使普通的飞禽一眨眼的工夫就毒发身死，一只神鹰中了这种毒箭，也只能活到七天的工夫，没有谁能治这个致命的箭毒，除非能到‘红藓苔瀑布’找一片红藓苔来搽在箭伤上。”

“啊！多么不幸啊！”小平安惊叹着，“可是，您现在不是已经到‘红藓苔瀑布’了吗？您已经取到红藓苔吗？”

“正是为了这，我需要你的帮助啊！”大红鹰说，“你知道，今天已经是最后的一天了，如果我再得不到红藓苔，就要毒发身死了。可是，我不能自己飞进这瀑布中去，我的伤口不能沾到一滴水，这是我们神鹰的禁忌。一沾到水我就活不了！”

现在，小平安已经完全明白，大红鹰是需要他帮着去取红藓苔叶。他飞起来，叫着：

“您放心！我马上帮您把红藓苔叶取来！”

“可是，你得注意不能让藓苔叶沾湿了！”

“知道了。”

小平安绕着喧闹的瀑布飞了一圈。这时他仔细看清了这神奇的飞泉。在山沟中的危石之间，流着湍急的喷着泡沫的泉水，在岩顶上垂挂着纠缠的老藤，岩顶和山沟的中段，就是那百丈高的凹进去的石壁，瀑布就从石壁间的大窟窿里飞出，就像那透明的水晶帘一样。阳光这时正照着瀑布，那瀑布泛着通红的像霞光一样的颜色。这是生长在水晶帘后面的石壁上的珍奇的红藓苔，透过瀑布反映出来的。

小平安有些发愁。他不知道该怎样冲进瀑布中去。瀑布倾注到水潭里，深黑的潭里掀起了白色的浪花。然后水泡拥挤着，沿着山沟里流下去。这瀑布又宽又厚，形成一个天然的水门，保护着那些红藓苔，使别人轻易不能进去。

怎么办呢？是不顾一切，冒着瀑布的猛力冲击穿进去吗？那样，很自然，小平安一定会被瀑布打落到那深不见底的水潭中去。

小平安又飞绕了一圈。这时，他发现在瀑布中，靠左侧的石壁上凸出了一块大岩石，这块大岩石像一把倾斜的巨大的雨伞，把白练一样的瀑布往外推，并且分散了瀑布冲击的力量。这样，这里就形成一个隙缝，水势也比较弱，这是飞进这水晶帘去唯一比较安全的地方。

小平安不再踌躇，他倾侧着身子，像箭一样从这个地方射了进去。只觉得有什么东西忽然打了他一下，然后一阵冰冷的感觉浸透全身，他知道是瀑布的一注水柱打中了自己，他的身子一沉，差点儿翻了下去。可是他又一翻身，就穿过了这个隙缝，进入这个水晶帘。这时耳朵被水声震聋了，眼睛被那神奇的红藓苔的殷红的颜色耀花了。

他飞起来，在那穹形的石壁上啄下一棵红藓苔。要从水帘门里带出一棵红藓苔还不顶难，要带出一棵丝毫不沾水的红藓苔却难极了，因为就是穿过瀑布边缘的隙缝，也难免不沾着点儿水的。

看来也没有什么更好的办法了，小平安只好用爪紧紧抓住了红藓苔；这样，有展开的翅膀和身体的掩盖，就可以减少淋到泉水的可能。他很巧妙地飞出了水帘门，这回身上几乎没有溅到一滴水。

“啊！亲爱的小鸽子！请赶快啄下一张最干净的红藓苔叶，把它盖在我咽喉上的伤口上！”大红鹰望着停在身旁的小平安高兴地说。

小平安啄了一张叶子，飞起来把它放到大红鹰的伤口上。就在这一刹那间，奇迹发生了。那大红鹰愉快地长啸一声，浑身的毛竖了一下，然后又平贴了，他那红得发黑的羽毛，一时呈现出美丽的、透明的、像烧得火红的晶体般的颜色。他的眼睛里发出耀眼的神光。他的声音更加洪亮，就像云层里滚响的雷声。

“亲爱的小鸽子！多谢你！你真是又勇敢又有好心肠！我已经完全好了，就要回到我的山国里去了。我没有什么好酬谢你，我要送你一根羽毛，这是我们神鹰的羽毛。随便什么鸟，只要把这羽毛，在太阳的最后一丝光线下晃一下，然后说：‘让我高高飞，河山在眼底；让我展翅飞，万里只瞬息！’这样他的翅翼就会马上变得特别有力，普通的鸟谁也比不上；即使他的翅膀是折断的，有了这羽毛，也会马上恢复，跟没受过伤一样。亲爱的小鸽子，你带着它吧！再见！祝你幸福！”

大红鹰飞腾起来，他的翅膀的影子，把下面的瀑布也遮得发暗了。岩石下落到深潭里，空气震荡着，翅膀扇起的风把小平安卷到空中。小平安想飞近大红鹰，可是，再也不能了，大红鹰浑身发着闪烁的红光，忽然再长啸一声，一下子就冲天而去了。

小平安高兴得把那神鹰的羽毛看了又看，然后把它插在自己的翅膀上。明天，他就会有一对谁也比不上的强健有力的翅膀了！从此他就会成为古塔里最出色的飞行家了！他是多么幸福啊！

小平安捡起了那棵红藓苔，就向回古塔的路飞去。在路上他没有碰到一个参加比赛的对手，因为他们都听到了“玉眼”的警告，在半路上转身回去了。

小平安回到古塔的时候，塔影刚好将投到那棵银杏树的树根。他把红藓苔带到惊喜交加的爸爸妈妈、他的老师老千里和那许许多多鸽子跟前。

所有参加“红藓苔竞赛”的鸽子，除了小神风，都已经回来了。等到塔影越来越长越来越淡的时候，鸽子爸爸和鸽子妈妈因为小平安获得胜利的欢喜心情，却被忧愁和焦急代替了。

一队鸽子出发了。在天还未黑前，他们四面八方飞巡着，要找回小神风。

八　小神风回来了

小神风退出了“红藓苔竞赛”，当时心里万分懊丧。他向来自以为举世无双，现在却连自己所看不起的小平安都比不过，这叫他怎么好意思见人呢？所以他想也没有想，就毫无目的地飞开了。

可是，飞了不远，他又觉得不好。难道他以后能独自过活吗？他不能离开古塔里的家，不能离开他的爸妈和伙伴们。唉，还是回去吧！要是人家笑话，那又有什么办法？一切只能怪自己啊！

小神风没精打采地往回路飞。

离家越近，心里就越不痛快。他怕别人会问他到底得了红藓苔没有，要是人家看到连小平安都得了红藓苔，可是他却没有的时候，该会说他些什么呢？想到这些，他心里越发沉重，也越加飞得慢了。

“哈！哈！小神风！是你呀？我看见你慢悠悠地扇着翅膀，还以为是哪一只风雅的鸟在欣赏风景哩！”一只麻雀飞过来说。小神风一看，正是独眼麻雀。

小神风只点了点头，叹了口气。

“哟！你心里有事啊？小兄弟，有什么事？说给我听吧！”麻雀眨着那只独眼，狡猾地笑了笑说。

小神风和独眼麻雀一起停在一棵树上。小神风把脖子缩得短短的，精神颓丧地说：

“我参加‘红藓苔竞赛’输了！红藓苔也没得到。”

“这有什么！红藓苔又不能换谷子吃！”独眼麻雀说，“还为这个难受，真是小傻子！”

“可是，你不知道‘红藓苔竞赛’是我们古塔的鸽子们在‘天鸽节”最重要的比赛。谁要是得第一，大家就会说他是最出色的鸽子。”小神风生气地把一张树叶啄断了，“以前大家都称我是少有的天才，可是，天才，天才！连张红藓苔叶也得不到！人家该会怎样耻笑我！”

“啊哟，想这些做什么！”独眼麻雀说，“天气那么好，在这里愁眉苦脸的有什么意思！走！咱们去玩儿去。现在到处在打粮食，去好好吃一餐吧！”

小神风肚子饿了，并且心里闷得很，他就跟

着独眼麻雀一起飞走了。很快，他们飞到了一个打谷场。在那里，谷子从稻床上飞溅着，满地是金黄的稻谷，人们把它扫拢来，变成了一大堆一大堆的谷山。

麻雀们在场地上偷吃着谷子，小神风和独眼加入了这一伙。他们快乐地打着招呼，跳来跳去，挑选着最饱满的谷粒吃。人们撵走他们，可是过不一会儿，他们又来了，依旧大模大样地啄食着谷子，毫不害羞，就像吃的是自己的东西。人们都忙得不得了，也顾不得管他们了。

在屋顶上躺着一只大黄猫。他休息够了，弓着背伸了个大懒腰，一眼看到了场地上的情形，就生气地想：

这些不要脸的东西，大白天，也敢当着人面抢稻谷吃！哼！我得管一管这件事情！

他不声不响地躲在屋脊背后，眼睛骨碌碌地看定这些小强盗。

“啊嘘！……嘘！”

几个农妇扬着手，赶走了麻雀和鸽子。他们飞起来，落在屋顶上，对着打谷场叽叽喳喳地嚷着：

“哈！又轰我们哩！我们可不怕，一会儿还是要下去吃！”

“哼！这些没翅膀的可怜虫，有本领请到屋顶上来撵我们吧！”独眼麻雀做个鬼脸嘲笑说。

“有本领请到屋顶上来吧！”别的麻雀也应声说。

小神风的心境早已恢复平静了，这时被麻雀们逗得也忍不住又笑又闹：

“哈哈！你们看这些女人，急得什么似的！那么小里小气，才吃她们一点，就又跺脚又拍手的！可是，她们又不会飞。哼，要是她们会飞呀，也准是笨鸟，怎样也追不上我！她们还不知道我是个出色的飞行家呢！”

“哈哈哈哈！出色的飞行家！天才的飞行家万岁！”独眼麻雀笑得几乎打滚，也不知是恭维还是开玩笑。

忽然，从屋脊后面，大黄猫像突然放松的弹簧那样弹出来，向小神风扑过去。

麻雀们惊叫着，一哄而散。

小神风还来不及飞起，给大黄猫咬住了一个翅膀，只觉得热辣辣的痛。小神风知道不妙，拼命一挣，从猫嘴里脱出，连忙振起翅膀飞开。飞得看不见那可怕的打谷场，才觉得自己的翅膀已经不行，快要从空中掉下去了。他赶紧找到一棵大树，就在大树上停落下来。

他看见自己的翅膀上鲜血滴滴答答地流出来，过了一会儿，那受伤的翅膀连动一下都不能了。小神风又痛又觉得难受。他真后悔自己跟着麻雀到那个地方去。

“我为什么要跟他们一起呢？要是我不去偷吃稻谷，就不会受这个惩罚了。现在，我怎么办呢？这些麻雀们都扔下我飞逃了！”

小神风越想越懊恼，越想越伤心，不由得轻轻哭起来了。这时，从斜阳照耀的树林上空，传来一阵欢呼声：

“他在这儿哪！”

随后又是大声地呼着小神风的名字。小神风一看，正是他的弟弟小平安和另外一些鸽子。小神风觉得害羞，一声不响。小平安他们很快飞到他跟前。

小平安问道：

“哥啊，你怎么啦？”随后，他又吃惊地说，“啊呀，你的翅膀受了伤！是怎么回事呀？”

小神风的眼泪又淌出来了。

“太阳快下山啦！”一个伙伴说。

“小神风，你还能飞吧？咱们快回家去吧！”

小神风一下子就哭出声音来了。他的翅膀痛得厉害，不要说飞，连动一下都不能了，只怕已经折断了筋骨哩！

“这怎么办呢？”伙伴们看到小神风的伤势，都不由得着急起来。如果小神风自己不能飞，谁也没办法把他带回家去。

“不要紧，哥哥，你别着急！我有办法治好你的翅膀！”

于是，小平安把大红鹰送的那根羽毛拿下来，送给小神风，还告诉了他怎样得到这羽毛的经过和它的力量。

当太阳的最后一丝光，快要从地平线上消失的时候，小神风按照吩咐，把那羽毛迎着阳光晃了一下，然后叫道：

让我高高飞，
河山在眼底；
让我展翅飞，
万里只瞬息！

就在这一瞬眼间，小神风立刻觉得翅膀上的痛苦消失了。一看，伤口已经愈合，连血迹也一点没有了，就像他根本没受伤似的。他浑身一下充满了力量，似乎在血管里有什么神奇的东西在奔腾，他突然振翅飞了起来，一会儿就飞到了高空。

鸽子们和他飞到一起。小平安高兴地说：

“哥啊！你完全复原了！”

小神风又是惭愧，又是感激。他的眼睛里闪着泪花说：

“好弟弟！我一辈子也忘不了你！我也一辈子忘不了我受的那些个教训！”

鸽子们一起往古塔飞去。小神风和小平安紧靠在一起飞在最前面。这时候，夜晚已经降临大地，深秋的晚风冷得刺骨，可是，鸽子们却都觉得很温暖，很快乐。

1957年

鸡窝里飞出了金凤凰

传说中有一种叫作凤凰的鸟。凤凰是幸福的象征。凤凰不是天生的，是普通的鸟长成的。这儿有一个关于凤凰的故事。

在一片芦苇地带，一条夹带着泥沙的河流从中间穿过。在河边的一块草滩上，有一个鸡窝。鸡窝里有十五个鸡蛋。一只紫花母鸡在专心地孵蛋。

咯咯，已经二十天了，紫花母鸡转动一下疲倦的身子，幸福地想，“再过一天，我的小宝贝们就都要出世了。哎，我的小宝贝长大起来，不知该是啥样子？”

正在这时候，半空中传来一阵歌唱声，好像百鸟在树林间和鸣，只见一片彩云从天上飘过，这是一只凤凰展翅飞临上空，她的每一片羽毛上闪烁着五色缤纷的光彩。

紫花母鸡仰头看着凤凰在云际飞过。

“多么不平凡的鸟啊！要是我的小宝贝将来长大了也像凤凰一样，那该是多么幸福呀！”紫花母鸡出神地想；可是她马上又嘲笑着自己，“我真是痴心梦想啊！人家是凤凰，咱们是鸡，鸡怎么能变成凤凰呢？傻母鸡！好，不想了！不想了！”

可是，她哪能管得住自己呢？她还是七想八想，想着小鸡们出世以后该怎么样。

正当她想得出神，从那滚滚浊流中爬出了一条凶恶的大蛇，他吐着舌头，瞪着那可怕的蛇眼，看到了草滩上鸡窝里的母鸡。

他偷偷爬到鸡窝旁，张开大嘴，一口咬死了那可怜的紫花母鸡，随后又一个一个地吞吃鸡窝里的鸡蛋，不一会儿就吞下了十四个，只剩下了最后的一个。他刚要把张开的大嘴伸向那个鸡蛋，忽然从天空中像闪电一样飞落下一只大鸟，一下攫住了这条毒蛇，马上又离地飞起，在高空中把毒蛇狠狠摔下来。

这条凶恶的毒蛇就这样受到了惩罚，送了命。

这只大鸟就是刚才飞过的凤凰。

“这不幸的母鸡已经被杀害了，可惜我来迟了一步！现在她留下了一个蛋，怎么办呢？”凤凰心里想。

她把那只蛋端详了一会儿，又凝神听了一下，她听见蛋壳里面有微微蠕动的声响。

“这小鸡快要出世了。我要守护着他，要不，这小小的生命会有危险。”凤凰想。

凤凰就代替鸡妈妈，继续孵这剩下的鸡蛋。她用身体温暖着这个鸡蛋。第二天早上，一只湿黏黏的黄绒毛小鸡就从蛋壳里钻出来了。

“叽呀，叽呀，妈妈！”小鸡叫着。

“可怜的孩子！”凤凰慈爱地把小鸡拉到身边，从自己的嘴里，吐出最有营养的东西给小鸡吃。

过了五天，小鸡长得很健壮。他能够跑，能够跳，能够扇动他那小小的翅膀，还能够自己找东西吃。小鸡偎傍在凤凰身边忽然问道：

“妈妈，为什么我的模样跟您不一样呢？”

凤凰笑着说：

“因为你是只小鸡呀。”她想了一想，又说，“孩子，告诉你吧，我不是你的妈，你妈是一只紫花母鸡。”

“那我的妈呢？”小鸡问。

“你妈被一条毒蛇杀害了！”

小鸡呜呜哭起来：

“我要去把蛇杀掉！”

“好孩子，不要哭，那蛇已经被我除掉了。不过，世界上还有不少的毒蛇和坏东西，他们专门害人，我们要警惕，要和他们斗！要消灭他们！”凤凰说。

小鸡睁大了眼，勇敢地说：

“我要跟他们斗，把他们消灭掉！”

“说得好，孩子！”

“不过，我是小鸡，那您是谁呢？”

“我是凤凰。”

“凤凰是啥呢？”小鸡问。

“凤凰是一种鸟，她活着是为了鸟儿们的幸福，是为了一切善良的人和动物们的幸福。”凤凰回答说。

“凤凰妈妈，我大了也要像您一样，做一只为别人的幸福工作的凤凰！”小鸡仰脸看着凤凰说。

“有志气，好孩子！”凤凰高兴地说，“凤凰本来不是天生的。我小时候就是一只普通的小鸟。只要你有这个决心，不怕困难，不怕牺牲，你会实现这个愿望的。孩子，从明天起，我就要跟你分手了。我还有许多事要做。你要学会自己照顾自己了。”

小鸡伤心地说：

“凤凰妈妈，您走了，我怎么办？”

凤凰说：

"不要发愁，孩子。你看，你不是有翅膀吗？翅膀做什么用的？是用来飞的。要是不用它，它就不会有力，飞不起来，飞起来也不高也不远。你不是有鸟喙和爪子吗？鸟喙和爪子是我们鸟儿们的武器，我们不断地使用它，不断地磨砺它，它们就会变得十分尖锐有力，这样才能跟凶恶的敌人斗。从现在起，你要走出鸡窝，到这个世界上去闯闯。你不是立志要做一只凤凰吗？一辈子守着鸡窝，守着妈妈，是成不了凤凰的。要记住，不管到哪里，要永远为大伙做好事！来，现在你再来练习飞行吧，你一定要练习到能够飞起来，能够飞得高，飞得远，到那时候你就不再是一只小鸡了。"

于是凤凰又耐心教小鸡怎样飞翔。

小鸡要能飞起来那是多么困难啊。但是，他是一只不怕困难、有志气的小鸡，他坚持着飞，他的翅膀酸了，浑身痛了，还是下狠劲练；他好几次从空中摔下来，但还是下狠劲练啊练……

凤凰多么为小鸡坚韧、刻苦的精神高兴。她让小鸡好好休息一阵，又教他怎样使用和磨砺嘴和爪子。小鸡一股劲地学习和锻炼，虽然累得筋疲力尽，可是他不肯向困难低头。

凤凰满意地说：

“孩子，只要你始终保持这种不怕艰苦、发奋努力的精神，你一定会成功的。”

第二天，凤凰飞走了。小鸡送走了凤凰妈妈，他心里非常难过；但是他不哭，因为他是只勇敢坚强的小鸡呀。

小鸡照凤凰妈妈的话，继续不断地练习飞翔，练习使用喙和爪子的本领。任何困难也难不倒他，任何挫折也吓不退他。

一天、二天、三天，……更多的日子过去了。慢慢地，他能够在灌木林上面飞了，他能够在松树林上面飞了，他能够飞过湖面了，他能够飞过山岭了。他的坚硬的喙能够啄破有硬壳的果实，能够咬断坚韧的树枝，能够啄穿树洞了。他的爪子能够在飞翔中抓起一根树枝，能够抓起一颗卵石，能够抓起一只刺猬了，

当然，他能够学会现在这样的本领，不知下了多大的苦功，不知费了多大的劲儿，不知折断了多少翎毛，不知磨破了多少层嘴壳和爪子上的皮！但是，他知道：要把自己献身给这个世界，还需要远远大得多的本领呢。他决定按照凤凰妈妈的教导，离开他的鸡窝，到鸟儿们中间去，到广阔的世界上去。

“别了，我的鸡窝！”他在自己的鸡窝上空打了一转，看到那浑浊的河流旁边的草滩上，一个小小的黑点，掩映在草丛中间，这就是他出生的家。

他飞到湖边，在澄清明亮的湖面上，看到了自己的影子。他的头上有一个高高的细长的冠，颌下有个绿色的肉垂。他的眼睛是朱红的，他的脸颊上有翡翠绿的绒毛。他的颈项和全身是发亮的羽毛。他的翅膀矫捷有力，尾巴毛跟雉鸡一样漂亮。他已经不是一只小鸡了，已经长成一只比雉鸡还漂亮的鸟；不过看来多少还像公鸡。

现在，我们当然再不能叫他小鸡了。既然他还像公鸡，我们就叫他公鸡吧。不过，他可是只能飞翔的公鸡啊。

飞呀飞呀飞，他飞过了湖，飞过了这个村子和那个村子，飞过了山，飞过了一处城镇又一处城镇。他饿了吃苦胆草，渴了喝寒泉水，白天在高空中翱翔，晚上在高山顶歇息。他觉得自己的翅膀更矫捷有力了，觉得自己的眼睛更锐敏明亮了，觉得自己的嘴和爪子格外坚强锋利了。

一天，他飞到一个村子上空，看见一只母鸡带着一群小鸡，正在草堆里捉虫吃。母鸡用脚拨开草，把肥嫩的小青虫啄到一边，咯咯地招呼小鸡们吃。小鸡们幸福地偎傍着妈妈，一边享受着美味的点心。

忽然，半空中一只老鹰发现了地上的目标，打了一个盘旋，然后像闪电一样向鸡群扑去。母鸡咯咯地惊叫着，把羽毛耸起来，小鸡们惊慌地钻在母鸡的胸脯底下。

那正在高空翱翔的公鸡看得十分清楚，他看到母鸡和她的孩子们，面临着被老鹰残害的危险，想起凤凰告诉他自己的母亲惨遭毒蛇杀害的经过，顿时对老鹰十分愤恨，觉得他跟毒蛇一样凶狠残暴，他还想起自己要像凤凰那样，关心别人和帮助别人跟坏蛋坚决斗争的誓言，所以密切注视着老鹰的行动。这老鹰向鸡群扑去，还来不及把他的爪子伸向母鸡，忽然觉得头顶上有一股强劲有力的风。他惊疑地仰头一看，正被这英勇的公鸡一喙啄中了一只眼睛。老鹰眼眶里流着鲜血，痛得嗷嗷叫着，撇下母鸡，恶狠狠地把钢钩那样的嘴和爪子向公鸡扑去。公鸡灵巧地避开了，并且凭借居高临下的优势，又一下把老鹰的另一只眼也啄瞎了。

老鹰战败了，在空中乱飞乱扑，就像苍蝇给掐去了头一样。这时候公鸡又扑上去用锐利的喙在老鹰的脑袋上狠狠啄了一下，老鹰就像块石头似的，沉重地从空中坠落到地下去了。

母鸡感谢从天而降的“神鸟”搭救了她和她孩子的命。可是公鸡却说：

“母鸡大嫂，不要谢我，这是我应该做的事！”

说完，他就飞走了。一会儿工夫，他就飞到了群山之外的一个湖泊上空。

天色变了，刮起了大风，乌云遮住了蓝色的天幕，云影照在湖面上，蓝色的湖面也变成墨色了。湖上卷起了滚滚的波涛，浪花飞溅，好像要把湖中心的小岛吞没似的。一会儿工夫，天空又下起了瓢泼大雨。

公鸡迎着风，冒着雨，继续飞翔着。这风雨实在太大了，使他前进十分困难，但是，他仍然坚持飞翔，他的羽毛浸透了雨水，他的翅膀像帆篷似的鼓满了风，每前进一寸，都要付出极大的努力。飞呀飞呀飞，他飞了好久，但是还没有飞出碧波千顷的湖面。

正在这时候，他透过风声雨声，听见从湖里传来一阵呼救的声音。

“不好，有谁掉进湖里了！”他心里想。那双锐敏的眼睛，透过风雨，竭力在湖面上搜索。他看到一只啄木鸟在湖水中挣扎，马上要被风浪吞没了。

公鸡像飞箭似的扑向湖面，用爪子紧紧抓住了啄木鸟，迅速飞起来。离开湖面不过一二尺光景，一个浪头把公鸡和啄木鸟一下都卷进浪里，他们俩都掉进湖水里了。

“一定要把这不幸的啄木鸟救出来！”公鸡想着，牢牢地抓住啄木鸟不松爪子，不让波浪把啄木鸟冲走。他奋翅一飞，终于带着那啄木鸟又从水里飞了起来。他用力振翅飞翔，迎着风雨，飞到了那个小岛上，把啄木鸟放在一棵大树上。

啄木鸟感激地说：

“我在给一棵老树捉虫治病，一阵狂风把我给刮进了湖里，要不是你来救我，早没命了。我该怎样感谢你啊！”

公鸡说：

“不要谢我，这是我该做的事。”

风停了，雨过了，明朗的天空下，湖面又显出了一片蓝色。公鸡告别了啄木鸟，继续他的旅程。他白天在高山顶上，丛林中间，湖海之滨，或草原上面巡游，晚上在悬岩绝壁上歇宿。风里来，雨里去，不管寒冬腊月，冰天雪地；不管夏日酷暑，骄阳似火，他一天也不休息地为人们做着好事。

这样许多日子又过去了。有一天，公鸡飞到一处森林边的小山包上，他发现一棵大树上有一只老黄莺在悲伤地哭泣。

“你有什么事这么伤心呢？”公鸡问。

老黄莺回答说：

“唉唉，我的孩子小黄莺不见了，我找了好久也不见影儿，我怕她被狐狸或是老鹰叼走了！”

“不要哭，我帮你去找找看，也许能够把她找回来。”公鸡说着，就向那大森林飞去。

他一面飞，一面细心找寻。他问一只斑鸠：

“一只老黄莺丢失了女儿，你见到那只小黄莺吗？”

“没有。”斑鸠说，“你还是问问云雀吧，她飞得高，看得远，又爱和唱歌的鸟儿做朋友，她也许知道。”

公鸡在一朵白云下找到了云雀，问她有没有看到小黄莺。

“早晨我看到过一只小黄莺，她跟我一块儿唱歌，一块儿玩儿，可是后来她往西边儿飞去了。”云雀说。

公鸡听了，连忙向西飞去。他飞得很快，一转眼就飞到了森林的上空。他看到从下面升起一股烟云，森林里浓烟滚滚。

“不好了，森林起火了！我要告诉大伙赶快来救火，要不这森林就毁了，森林里所有的居民都要遭殃了。”他心里想着，就大声呼喊起来，向大家报警。

这时候，他听见浓烟中间有一个哭喊的声音。不知是什么鸟儿陷在浓烟中飞不出来了。

公鸡来不及多想，就向浓烟中冲去，他看见一只小黄莺正在乱扑乱飞，她已经被浓烟熏得几乎发昏了。公鸡一把攫住了那小黄莺，冲出浓烟，然后放下她说：

“小黄莺，这儿危险，快快离开！你妈妈正在找你，快到森林边的小山包那儿去吧！”

小黄莺谢了公鸡，飞走了。公鸡继续大声报警，把森林里成千上万的鸟儿和动物叫来了。他们发现森林起了火，就连忙救火。有的用树枝来扑火，有的衔了泥沙来灭火。公鸡飞到了泉水边，把全身的羽毛浸了水，飞到起火的树上用水来灭火。

公鸡在烈焰升腾的上空飞来飞去，他的羽毛烤焦了，他的胸脯烤伤了，但是他还是来回不停地用泉水来救火，一边还鼓励大家一起英勇地救火。

公鸡觉得浑身灼痛，眼干口渴，力气已经使完，可是他仍旧不停地来回救火。火势仍然很凶

猛，当公鸡最后一次浸透了满身的水冲向火焰的时候，他眼睛发黑，猛然下坠，掉进了火里。

所有的鸟儿和动物们都惊呆了，他们看到这位英勇的朋友坠落在火里，是多么悲痛啊！可是，正这时候，只见公鸡从烈火中飞腾而起，直上云霄。他忽然比本来大了好多倍，全身的羽毛金光闪闪，他的翅膀一展开，变成了一片乌云，随着，电闪雷鸣，大雨倾盆。

火灭了。森林里每一张叶片都闪耀着碧绿的光泽。整个森林里一片欢呼声。

一只年轻的凤凰在天空展翅翱翔。他身上的羽毛又变成了一片彩云。这时候从天际又飞来了另一只凤凰。年轻的凤凰迎上去，欢叫了一声：

“凤凰妈妈！”

凤凰妈妈高兴地说：

“好孩子，你到底长成一只真正的凤凰了！”

两只凤凰在天空翩翩起舞。他们一起飞翔着，看到了一条河流旁边的草滩上，有一个小小的残破的鸡窝，几乎被长长的蒿草掩没了。凤凰妈妈笑笑说：

“孩子，还记得吗？你就是从这个鸡窝里飞出来的！谁说鸡窝里飞不出金凤凰呢？”

乌云的故事

这正是一天刚开始的时候。太阳一起身，就把她的光辉普洒在这个世界上，让大地上的每一座树林、每一片草地、每一个村庄、每一个城镇，都披上了一层金色；让河流湖泊的水面粼粼发光。天上飞的，地上走的，一切都开始了他们一天的活动。

在阳光下面，世界是多么有活力啊！

天空一片蓝澄澄的，像海水一样清澈湛蓝。什么地方传来一阵鸿雁的鸣叫声。一群大雁列着“人”字形自远而近地飞来。飞在队列最前面的是几只老雁。他们的队形很整齐，真像出征的战士一样。

这一群雁，在天色刚亮的时候就从昨晚歇宿的那个小湖的芦荡深处起飞。不过飞了不太久的时光，就已经飞了不少里程。那领头的第一只老雁是一只大灰雁，脖子上有一圈金黄的、闪亮的毛片，身体强壮，两只翅膀特别矫健有力。他已经多次担任雁群的领队了，所以，他是群雁们所尊敬和信赖的“老队长”。当他看到地面上的一个城市和那些吐着淡淡青烟的高大的烟囱的时候，就高兴地说道：

“伙伴们，咱们今天飞得很顺利！照这样的速度，今天咱们可以在太阳落山前，有多点儿的时间在大青湖里美美地洗澡捕鱼，今夜咱们再好好儿休息一宿，明天飞起来就更得劲了。”

老队长的这几句话，立时让群雁都兴高采烈起来。他们都觉得劲儿更足了。很快他们把那个城市丢在后面，最后消失了影踪。

忽然，有一只担任警戒的大雁报告说：

“老队长，您看，那儿有一块乌云飘浮着呢！”

老队长也已经发现了那块乌云，他平静地说：

“这不过是块小小的乌云，它挡不了咱们的路。咱们飞咱们的吧！”

于是，雁群继续飞行着，向着他们要去的方向。

这真个是“天有不测风云”。那乌云起初看来很小，可是后来越长越大，最后它铺天盖地，占据了天空的一角，把太阳的光也给遮住了。霎时间，天空一片阴沉，地面也蒙上了阴影。

“哈哈，我不是普通的云。我是乌云，而且还不是普通的乌云！我的本领很大，我很聪明，又有魄力，太阳也不见得比我强。对我这样的乌云，谁都该听我的，谁都该歌颂我！谁服从我，我就奖赏谁；谁反对我，我就惩罚谁。从现在起，我要代替太阳管理这个世界，让谁都拜倒在我的脚下！”它喊着，声音听起来很吓人，就是隆隆的闷雷。

在乌云翻滚的天空，有许多鸟儿惊惶地飞回森林里去了。但是，雁群仍旧不停顿地在天空中飞行。他们一会儿把“人”字改成“一”字，一会儿把“一”字又改成“人”字。他们的队形始终很整齐，很有秩序。他们看着越来越密集起来的乌云，觉得很憎恶。

雁群中的一只年轻的大雁，他是夏天的最后一周里出世的。他从没有见过这么浓密的乌云，也没听到过像这么吓人的雷声。他担心地问：

“我们要不要也找个安全地方躲一躲？”

“不！不！不管发生什么情况，我们不能停下来！”他身旁的大雁说。

老队长也听见了，安慰那年轻的大雁说：

“孩子，不要害怕！今天的目标是大青湖，

咱们一定要在太阳下山前赶到那儿。明天咱们还要飞更远的路。严冬很快要来临了，这儿所有的河水和湖泊都要结上厚厚的冰，整个可怕的严冬，咱们会得不到东西吃，会又冷又饿，所以，咱们一定要赶路，在规定的日子里飞到南方。那儿的天气冬天也是温暖的，湖泊里有丰富的鱼虾。不过，咱们这一次飞行是一次长征，从寒冷的北方飞到温暖的南方，路途是遥远的，这几天咱们飞上征途还只是开始，规定的每天的路程，一天也不能迟延！现在的确出现了乌云，不过那不可怕！乌云是不能长久的，它总归要烟消云散，阳光很快会重新照耀大地！”

“老爷爷，我明白了。”年轻的大雁说。他被老队长的话深深地鼓舞着。

大雁们振翅飞翔，他们比刚才飞得更快，穿云破雾，突破乌云的重重障碍，奋勇前进。

乌云大大地生了气，心里想：可恨这些大雁，居然敢这么藐视我，敢咒我在天空中长久不了，敢跟我较量，哼，我一定要报复，一定得狠狠惩罚他们，特别是那个领头的老家伙！要不，我就不算是了不起的乌云！

乌云把它那像山峦一样的云团，堆涌在大雁们前进的路上，阻挡他们的去路；它把云中雨瓢泼也似的倾倒在大雁们的身上，想把他们的羽毛打湿，让他们没法再飞行。可是大雁们勇敢地冲破云层，他们扇动强健有力的翅膀，把身上的雨水掸掉。他们加快速度飞行，乌云根本没法阻挡他们前进。

乌云更加生气了。它的脸色更加阴暗了。它粗野地咒骂着，觉得不狠狠地整一整这群大雁，无论如何不能甘心。

正在这当儿，它听见它脚下的山崖上，传过来一个声音：

“啊，最最尊敬的乌云！您是多么伟大，多么慈祥！在我看来，世界上真正的光明和幸福是您给我们带来的！太阳怎么能跟您相比？太阳的光和热是最可怕的，在阳光下面，我几乎没法活下去。最最尊敬的乌云，当您一出现在天空，我就立即觉得眼前什么都明亮了。我觉得一切都又越来越美妙了。因为在您的庇护下，我们又可以呼吸自由的空气，又可以过称心如意、自由自在的生活。最最尊敬的乌云，我赞美您，我歌颂您，我崇拜您，我热爱您，我愿意一辈子当您的最忠顺的奴仆！”

乌云仔细辨认出来，向它滔滔不绝地歌颂赞美的，原来是隐匿在山崖上的一只大猫头鹰。乌云为这个发现感到高兴。它到底找到了它所需要的忠顺的奴仆了。

“可爱的猫头鹰！我十分欣赏你的忠心。我很了解，你不但一向很勇敢，而且很懂得在什么时候该做怎样的事。谁做了使我满意的事，我是从来不吝惜重赏的！”

猫头鹰滚动着那绿幽幽的圆眼睛，他很快领会了乌云说这话的意思。

“最最尊敬的乌云，我的主子！”猫头鹰卑顺地说，“您喜欢的就是我猫头鹰喜欢的，您痛恨的也就是我猫头鹰痛恨的。刚才那些大雁竟敢冒犯您，我觉得应该狠狠地教训他们！假使您准许，我就赶上去把老雁杀死，警告那些胆敢反对您的狂妄家伙！”

“你的建议很好！不过，你要记住，最重要的是你必须杀死那只脖颈上有一圈金黄斑纹的可恶的老雁！这件事就交给你了。”乌云说。

猫头鹰从山崖上飞起，在乌云宽厚的黑幔底下，偷偷摸摸，寂无声息地向大雁们追踪前进，不久就追上了雁群。

猫头鹰那绿幽幽的眼睛，在阴暗中看得很清楚。他像一支毒箭那样朝飞行在前面的老雁射去，他那钢钩似的尖喙，在老雁头上死命啄了一下，一面大声叫：

“看谁还敢诽谤乌云！就跟这老家伙同样下场！”

随后他迅速潜身到乌云的黑幔底下，看不见了。

老雁猝不及防，受到袭击，忍痛在云层中翻了个身，只说了一句“伙伴们，要继续前进！”就坠落下去了。谁也看不清他到底落在什么地方。

雁群中引起了一阵骚动。

“袭击老队长的，是可恶的猫头鹰。”一只大雁说。

“他一定是乌云派来的，因为乌云恨我们的老队长不肯向它低头屈服。”一只母雁愤恨地说。

“我们的老队长多好，可是他给乌云它们暗害了，我们该怎么办呢？我真难过呀！”一只小雁说着，哭起来了。

一只矫健有力的、大眼睛的老雁说：

“伙伴们，不要悲伤，不要惊惶，我们要加倍努力，飞完今天的行程，要飞到美丽的大青湖边去歇息。我们一定要听老队长说过的话，不怕乌云的阻挠和猫头鹰的伤害，冲破重重阴云，继续前进！”

这时猫头鹰飞到阴沉的乌云那儿，报告说：

“最最尊敬的主人！我已经惩罚了那只不识时务的老雁。我相信他经不住我这致命一击的！”

乌云露出一丝狞笑说：

“很好！我要酬报你的功劳，你当我的侍从长吧！”

“谢谢主人的恩典！”猫头鹰回答。

“不过，可爱的侍从长，我还需要更多的帮手。你看，那些大雁还在飞行，他们并没有向我屈服；那公鸡还在高唱迎接太阳的歌曲，许多花还没有闭起她们的花瓣，可恨的向日葵还把她们的花盘向着太阳的方向；在湖里，鱼儿还在水中游来游去，祝祷太阳赐给他们更多的食物，他们一点也不尊敬我，不害怕我，我不能容忍这种现象！我要更多像你这样忠顺能干的追随者，你快给我把他们召来吧！”

猫头鹰还没有回答，顷刻间出现了一阵乱糟糟的呼唤声，这是从地面上传来的：

“尊敬的乌云，我们来了！打从您一出现在天空，我们就一直在为您祈祷！我们都拜倒在您的黑幔下，祈求您的庇护！”

乌云看到了使它万分激动的景象。老虎、豺狼、狐狸、黄鼠狼蠢蠢地从森林里溜出来了。老鼠从地道里探出头来了。毒蛇、蜈蚣、蝎子、蜘蛛从肮脏的垃圾场上爬出来了。蚊虫从臭水沟旁飞出来了。蟑螂、土鳖虫和臭虫打木板缝隙和泥地里钻出来了。蝙蝠从那阴暗的山洞里飞出来了。所有那些最爱在黑夜里活动的东西，在乌云的掩蔽下，都从他们躲藏着的地方钻了出来。他们都歌颂着乌云的仁慈和恩惠，表示要死心塌地追随乌云，做乌云最忠顺的仆从。

乌云高兴极了。

“孩子们，我知道你们的心意。”它矜持地微笑一下说，“我也一向很关怀你们。现在大伙再不受压抑了，有我乌云给你们撑腰，你们爱怎么生活就可以怎么生活，这世界是属于我们的！没有谁再敢对你们说个‘不’字了！”

“向我们尊敬的救世主乌云致敬！”毒虫猛兽们高呼着。他们都把乌云当作是绵绵长夜的先驱，他们所渴求的黑暗世界开始到来了。

乌云微闭着眼睛，陶醉在乱糟糟的欢呼声中。

猛然间，一阵更响亮千万倍的吼叫压倒了这些虫豸们的欢呼：

“我们恨透了乌云，滚它的蛋吧！”

“我们要太阳！太阳啊，您快出来吧！把乌云和那些坏东西一起赶跑吧！”

“太阳，太阳，您快出来吧！”

乌云被这阵怒吼声惊得目瞪口呆。猫头鹰和他的那些伙伴也都大惊失色。那是群雁在天空中的喊声，是飞鸟们在树梢枝头的叫声，是森林中那些善良的动物们的呼喊，是花丛中辛勤地酿蜜的蜜蜂们的祝祷，是在水中游弋的鱼儿们的低语，是树木花卉用它们的叶片和花瓣传送出来的窃窃私语，是一切善良的、勤劳的、美丽的生命发出来的声音。这些声音汇集在一起，惊天动地，声震九霄。

在九霄之上，祥云瑞霭围绕着庄严巍峨的太阳宫。太阳早已听到了大雁们、飞鸟们、走兽们、鱼儿们和树木花卉发自心底的呼声，她再也不迟延，她早就想采取行动了。

太阳把光的使者叫到跟前说：

“孩子，命令你立即出动，去把乌云和它手下那些坏东西统统收拾干净。我好多回告诫过乌云，不要干坏事。我等待它悔悟，可是它始终不听，现在决不能再让它们胡作非为了！”

光的使者带着太阳交给他的一个云袋，仗着光之剑，去找乌云。

乌云调云遣雨，一心想把太阳困住在太阳宫，让自己永远当天际的主宰。它还来不及一一实现它的梦想，忽然间看到天际霞光万道，光的使者向这儿直奔过来。它心里十分害怕，连忙摇身一变，变成波涛起伏的大海，惊涛骇浪，漫天卷来，要把光的使者一口吞掉。

光的使者仗着手里的神剑向大海砍去，一道逼人的电光把大海划开。立时，大海又变成一座险恶的高山，挡住了光的使者的去路。

光的使者知道这高山也是乌云变的，挥起神剑向山尖削去，一下削平了半个山巅。

乌云慌忙又变成一条巨大的乌龙，张牙舞爪地向光的使者扑来。

光的使者不慌不忙，仗剑向乌龙砍去，霹雳一声巨响，砍下了乌龙的一条前腿。

乌云又变成飞奔的天马，匆匆逃窜。光的使者纵身一跳，跳上马背，用神剑砍天马的颈项。天马连忙把头一让，神剑剁落了它的一只耳朵。天马长嘶一声，翻了一个跟头，把光的使者掀下马来，立即又变成了一个妖娆的美女，提着一个花篮，把篮中的鲜花向光的使者撒去。每一朵鲜花都变成了明晃晃的尖刀，往光的使者身上落去。

光的使者哈哈大笑，张开手里的云袋，向那美女抛去。美女见了，心惊胆战地想拔脚逃跑，可是已经迟了，只听得震天动地的霹雳一声，那云袋已经变成了天罗地网，把化成美女的乌云，一下给装了进去。

猫头鹰见乌云被擒，惊慌得不得了，张翅想逃。可是强烈的阳光照射得他睁不开眼睛，一个跟头从高空摔进地面上一个积满了污水的池子里，挣扎了几下，沉到池底去了。

那些干尽了坏事的老鼠、蚊蚋、臭虫、毒蛇、蝎子、蜈蚣以及在森林里称王作霸的虎、豹、豺、狼、狐狸等等，都乱成一团，仓皇逃窜。他们有的被光的使者消灭了，有的逃进了洞穴和阴暗的角落。

光的使者飞到太阳宫，报告了辉煌的战果。这时候，蓝澄澄的长空，万里无云，阳光普照，大地上一片欢腾。善良的生物们齐声赞颂太阳，他们在灿烂的阳光下尽情跳舞歌唱。

群雁沐浴着阳光，排成整齐的队列，继续展翅飞翔，向他们今天的目的地大青湖前进。他们为老队长默默致哀。

在灿烂的阳光下，美丽的大青湖遥遥在望。群雁深信，他们不但今天能飞到大青湖，以后，不管还会遇到什么困难，他们也一定能完成这次长征，最终到达那四季如春的幸福光明的远方。

乌云已经消失了。它会不会重新出现在天空呢？群雁和善良的生物们都相信群雁的老队长说的那句话：乌云总是挡不住太阳的！

太阳鸟和秃鹰

你听说过有一种秃鹰吗？这是一种很贪婪凶暴的鹰，它不但要吃小鸟，甚至还要掠夺和袭击比它大得多的对手。

我听到一个关于秃鹰的故事，现在讲给你们听。

在西海海滨，有一座彩石山，山上有一棵参天的梧桐树，树干是青玉，树叶是翡翠，这都是天然生就的，但是它也常年开花结子。那一嘟噜一嘟噜的梧桐籽，颜色是金黄的，一颗颗大小像马哈鱼子那样，它们都是可以吃的。对于飞禽来说，它们是一些最好的食物。

这大梧桐树上有一个精致的鸟窝。说它是鸟窝，那是因为里边住的是一只鸟，其实这鸟窝应该说是鸟类最美好最漂亮的宫殿，所以它是许多鸟儿景仰的地方。当然也有些鸟儿怀着妒忌的心情想占有它，不过它们不敢公然说出它们的心思罢了。

这漂亮的鸟窝里住的是一只很大很大的鸟。她身上全是五色斑斓的羽毛，每一片羽毛都闪耀着炫目的金光。这大鸟的头顶上长着一撮羽毛，就像戴着个王冠似的。只是这一撮羽毛比她身上任何一根羽毛都更加奇异。所有善良的小鸟看到她，就感到有了勇气，有了希望。可是，那些凶恶的猛禽见到她就不安宁，就心里害怕。她像火一样射出光来，这种光让许多凶恶的鸟闭上眼不敢看她。这大鸟吃的是梧桐籽，喝的是甘露。她唱起歌来，海涛都寂静无声，怕打断了她动听的歌唱。她跳起舞来，花草都停止颤动，怕干扰了她美妙的舞姿。鸟儿们都亲切地叫这大鸟是太阳鸟。因为和太阳鸟在一起，它们就像在阳光下一样感到温暖，感到心头明亮，感到快乐。

紧挨着这棵梧桐树，还有好多树木。它们是各式各样的珍贵的植物，每一棵树都有它说不尽的动人的特点。它们都有自己的主人——那就是住在这些树上的鸟儿们。这些鸟跟太阳鸟一样，都是世世代代生活在这儿的。它们都喜爱它们的邻居太阳鸟，因为它们发现当它们有困难的时候，太阳鸟常常乐意帮助它们。

有一天，西海上空出现了一片乌云，海边的彩石山上那个树林的上空也阴了一片。一只凶猛的海雕张开两只巨大的翅膀飞到了那儿，它从高空中飞袭那些不幸的鸟儿。它知道太阳鸟不在家，所以选中了这个时机。

鸟儿们为了生存，只好拼死跟这凶恶的海雕搏斗。它们经历了一场可怕的灾难。这海雕的尖嘴像铁钩一样，爪子像钢钳一样，许多不幸的鸟儿在它爪下丧了命，林子里到处溅着鸟儿们的鲜血。面对这一情景，有些鸟儿悲哀地鸣叫着四散飞逃，但是有更多的鸟儿在做生死搏斗。

“唉，要是太阳鸟在这儿，她一定会帮助我们。太阳鸟，太阳鸟，您快来啊！”一只刚刚逃出了海雕利爪的锦鸡悲伤地说。

太阳鸟在哪儿呢？她这时正飞翔在九天之上。她每天要做这样的飞行，因为她把这当作锻炼自己翅膀的功课。不过，她并没有忘记彩石山上的朋友们，时刻注意从那儿传来的信息，当她听到了林间小鸟们的哀鸣，就急忙从天际飞回来。像天空的闪电一样，太阳鸟忽然冲向海雕。这海雕虽然凶悍无比，可是太阳鸟头上那撮羽毛跟她全身羽毛的闪光，一照到它的眼里，它就感到不由自主地惊惶不安。它的凶焰骤然收敛了好多。

“不许你在这儿行凶！”太阳鸟大声叫着，翅膀在海雕的脑袋上狠狠地扇了一下。这凶恶的强盗受了重创，怪声噢叫着，没命地跨海飞回自己的巢穴。

太阳鸟在林子四处，看到溅着鸟儿们的鲜血，她不能容忍海雕对无辜的鸟儿们犯下的罪行。她觉得难过的，是她没有来得及更早一点赶回来，帮助她的邻居们。

她向朋友们慰问，询问它们还有什么困难需要她帮助解决。当她正要回到自己的梧桐树上去的时候，忽然听见草丛里有啾啾的哀叫声。太阳鸟发现那是一只小鹰，身上还剩有未褪尽的黄毛，那弯弯的尖嘴也是黄嫩的。

太阳鸟飞到小鹰身旁，说：

“小鹰，小鹰，不要哭！有什么困难跟我说吧。我愿意帮助你。”

小鹰哭着说：

“我的妈妈给海雕杀害了。我的翅膀也给海雕折断了。刚才要不是您保护我，把我从海雕的爪下抢救了出来，我早死了。我多么感激您啊！我将来一定要报答您的。可是现在我受了重伤，又没了妈妈，以后我怎么养活自己呢？如果海雕再来，我一定会给它吃掉；即使它不来，我也会活活饿死！”

说着，小鹰哭得更加伤心了。

太阳鸟想起，刚才她的确曾经在海雕的大喙下，救出了一只小鹰的生命，不过她根本没有把这事记在心上。因为像这样的事，对于她来说是太多、太平常了。此刻她听了小鹰的话，就安慰说：

“小鹰，别难过。你妈给海雕杀害了，你长大就要为你妈报仇，为彩石山林子里那些死去的朋友们报仇。我一定要帮你把伤治好，你放心！你的翅膀一定能重新治好，你一定能够重新在天空自由自在地飞翔！只要看到你这样，我就感到高兴。至于报答，这不是我希望的！”

于是，太阳鸟衔着药草来治疗小鹰，用自己的精血来哺养小鹰。这贪馋无厌的小鹰，不停地狼吞虎咽地吞下太阳鸟反哺的食物，把自己养得越来越强健，越来越壮实。它的黄毛渐渐褪尽了，长成了一只强壮的灰鹰；它的翅膀强捷有力，能够高飞了。

但是灰鹰仍旧像小鸟那样地纠缠着太阳鸟，继续要求太阳鸟哺育它，而且随着它越长越大，对太阳鸟的要求也越来越多，越来越感到不满足了。

“我得向这愚蠢的太阳鸟多要一点，把自己养得好好的，成为这彩石山树林里最强的鸟儿，让别的鸟儿都怕我，连太阳鸟也得怕我！有那么一天，我还得到那棵梧桐树上去住，至少得让太阳鸟让出半棵梧桐树给我！我是彩石山上的雄鹰，鹰是天下无敌的！现在要紧的是尽快向她多要一点。我担心不久她会看出我的心思，那时她就不会再给我东西了。”灰鹰暗自思量着。

狡猾的灰鹰的坏心思，太阳鸟并不是一点没察觉到。不过她不愿意让灰鹰过分失望，所以她好言相劝，说：

“孩子，你已经长成了，可以独立生活了，让我也能够休息一下吧。如果海雕再来欺负你，你可以跟大伙一起狠狠地教训它，必要的时候，我会来帮你们的忙的。”

“不，太阳鸟妈妈，您千万别丢下我不管！”灰鹰显出十分可怜的样子，甜言蜜语地哀求着，“我还不够强壮。我担心海雕还要来，我一定会给它活活啄死！我求您继续哺我喂我，您跟我亲生的妈一样，疼我爱我，照顾和帮助我，您对我的恩惠像西海一样深，像彩石山一样高，我一辈子也不会忘记您，将来我要好好报答您。以后我的子子孙孙也不会忘记您！”

太阳鸟笑笑说：

“孩子，我早说过，我不要你报答，只希望你永远像我对你那样对待别的鸟儿。”

“太阳鸟妈妈，您放心，我一定像您那样，一心帮助人家。我最恨海雕，永远不会像它那样欺负别人。”灰鹰说。

“这样就好了。你应该依靠自己，不要再依赖我，这样对你对我都好。好，我的话完了，亲爱的小鹰，再见！”

太阳鸟展开她那五色彩羽的翅膀，飞上了参天的梧桐树，把那灰鹰留在它自己的那棵棕榈树那儿。灰鹰为自己没有达到愿望感到十分恼怒和懊丧。它对太阳鸟的不满，最后变成了刻毒的怨恨。

“哼！瞧她那模样！好像我这辈子就少不了她似的！她不过照顾了我那么几天，就像老长辈似的跟我唠叨个没完。她简直以为没有她我就活不了，哼，见她的鬼！没有她，我会活得更好！有一天我要叫她看看我比她还强得多！”小鹰气恼地骂起太阳鸟来，仿佛太阳鸟果真做了什么对不起它灰鹰的事。

“你不该这样咒骂你的太阳鸟妈妈呀，灰鹰，她曾经给你那么大的帮助，要是没有她，你早完蛋啦！在这林子里，哪个鸟儿不知道这回事呢？”说话的是一只鱼鹰，它是在海边游泳的时候受了海雕的袭击，好不容易从海雕嘴里逃生出来的，后来在太阳鸟的帮助下，治好了身上的创伤。它是很感谢太阳鸟的，所以听到灰鹰恶毒地咒骂它的好朋友，心里很气愤。

灰鹰被鱼鹰的话刺痛了。它恼羞成怒，怪声叫道：

“你胡说什么！谁说过她是我的‘太阳鸟妈妈’？她从没有对我安过什么好心，我从小就受尽她的欺负，受够她的气，她把我的东西抢了去，这谁不知道？”

“你莫非疯了吗，怎么能说这样没良心的话？彩石山林子里的鸟儿，谁个没有看到太阳鸟曾经像妈妈那样爱护你，哺育你。她把你从海雕爪下救出来，哺育你长大，为了这，她甚至损害了自己的健康。可是你竟说太阳鸟不安好心，欺负你，还抢了你的东西，请问，她抢了你什么东西？”鱼鹰愤愤不平地问。

“她怎么没有抢我呢？许多东西都是抢我的。她住的那棵梧桐树的树根，长到了我那棵棕榈树的底下，这说明她那棵梧桐树，其实是从我的棕榈树底下长出来的，因此这梧桐树至少有一半是属于我的。她身上的那些漂亮的羽毛，是吃了梧桐树上的宝贝梧桐籽才长成那么好看的。为了抢夺这些梧桐树，她的祖先曾经杀害过我的祖先。每一只鹰都记得这段血的历史。我一定要为我祖先报仇！”这狂妄的灰鹰信口开河地说着。

“哎呀，这可怜的灰鹰一定发疯了！要不它怎么能这样胡言乱语呢？谁不知道太阳鸟多么和蔼友善，我们谁没有受过她的爱护和帮助？当凶恶的海雕欺负我们的时候，她总是不顾自己的困难来帮助我们。她是我们最可靠、最亲近的朋友，她总是像兄弟姐妹那样和我们相亲相爱。怎么能昧着良心说这样的话。这是天大的罪过！罪过！罪过！”鹁鸪叹着气说着，一边对跟它在一起的喜鹊和锦鸡、鱼鹰等不停地摇头。

鱼鹰、锦鸡和喜鹊也都惊诧地看着灰鹰，它们觉得灰鹰肯定是得了热病。

“这灰鹰说得多么蹊跷，这林子里没有一只鸟儿会相信它对太阳鸟的诽谤！全世界也没有谁会相信它！”锦鸡这么说着，扇了扇它那漂亮的翅膀，表示绝对不相信。

忽然，上空掠过一个黑影，一个很大的东西停落在一棵大银杏树上，怪声笑道：

“你们不信？我可相信！”

鱼鹰、锦鸡、喜鹊、鹁鸪一看，说这话的原来是一只怪物。它那圆圆的脑袋上，睁着两只又圆又大的眼睛，露着凶光，直勾勾地看着它们。喜鹊和鹁鸪心里害怕，一声也不响，“嘟”的一声飞走了。马上，鱼鹰和锦鸡也溜了，只剩下灰鹰留在那儿。

“哈哈，它们都怕我。灰鹰，你不用怕我，我是你的好朋友。它们走了更好，咱们可以谈谈知心话。”那怪物笑着说。

“您是谁呀？”灰鹰惊疑地问。

“我是鹰王。因为我的脑袋长得特别威武，人家都叫我‘狮头鹰’。小兄弟，我们都是鹰。”

“哦，鹰王，您好！”灰鹰早听人家说起过在那大雪山上有一个狮头鹰，是世界上最凶猛、最有力的鹰，被称为“鹰王”；它是那么残暴凶恶，所有的鸟儿都害怕它，灰鹰也不禁感到敬畏了。

“不要害怕，灰鹰小兄弟。我们都是鹰，都是世界上最英勇的鸟类。我们理该受到全世界鸟类的崇敬。要做到这一点，我们就得互相帮忙，你说是不是？”

灰鹰听狮头鹰这么说，顿时感到十分高兴，连声表示同意。它问狮头鹰是不是从大雪山来。狮头鹰告诉灰鹰，它的确是从大雪山来的。

“整座大雪山是我的领地，在那儿，从山脚到山顶，所有的鸟儿和小动物都服我管，谁也不敢违抗我。它们的命运，死活都得听我摆布。可是有一天，有一只小山雀飞到了这彩石山的梧桐树上，受了太阳鸟的教唆，竟敢回到我那荆棘林里，恶毒地攻击我，说了我许多坏话，鼓动鸟儿们和小动物们一起来反对我。从那天起，我的日子过得越来越不顺心了，想来想去，这都是太阳鸟的罪过！太阳鸟是你的敌人，也是我们的共同敌人。如果你想对付她，我一定给你帮助。只要咱们把太阳鸟消灭掉，就再没有谁能找咱们的麻烦了，咱们就可以美美地过日子，这世界上一切都要听我们的摆布了！那时，我可以保你永远做这一片树林的主人。假使你愿意搬到梧桐树上去住，咱们也可以商量，我一半，你也一半。”

灰鹰觉得狮头鹰的话十分中听。得到狮头鹰这样强大的鹰王的支持，它还有什么欲望不能实现呢？它现在不怕太阳鸟来教训自己了。不过它对太阳鸟的威力还是有点担心。

“咱们俩能够对付得了太阳鸟吗？”灰鹰胆怯地问。

“别害怕，小兄弟，有我跟你在一起呢！我告诉你，这太阳鸟并不太可怕，可怕的是她头上有一撮羽毛，它闪着神光，照得我们鹰类睁不开眼，头晕眼花，浑身冷战。不过我们还是有对付的办法，只要偷偷地拔掉它，太阳鸟就没有力量了，咱们就可以轻易地战胜她！”狮头鹰告诉灰鹰说

“那好，我就去拔掉它！”灰鹰说。

“不要鲁莽，小兄弟！这事一定要偷偷地干，要是她有了准备，就难以下手了。而且，太阳鸟有许多朋友，许多飞鸟都会帮助她。不要鲁莽，知道吗？”

“知道了。反正，我会让太阳鸟知道我灰鹰的厉害！”灰鹰冷笑着，一边在思考着怎样下手。

就在灰鹰和狮头鹰商议着暗害太阳鸟的时候，鱼鹰、锦鸡和鹁鸪一起飞到了太阳鸟住的大梧桐树的树枝上，叫道：

“太阳鸟，太阳鸟，有人在造你的谣，说了许多诬蔑你的话！”

它们把灰鹰说过的话都告诉了太阳鸟。

“这灰鹰可不是好东西，他可能当真会干出什么罪恶的勾当来的！你千万要小心提防它呀！”鱼鹰说。

“此刻灰鹰还正跟大雪山的狮头鹰在一块儿商议什么呢！我们亲眼看到的。它们俩凑在一块儿，是不会干什么好事的。太阳鸟，你得格外小心呀！”锦鸡补充说。

“是啊。太阳鸟，假使需要我们帮助，你随时叫我们吧！”鱼鹰和鹁鸪都说。

太阳鸟感谢朋友们的关心和它们的通知，她正要送走鱼鹰它们，忽然看见喜鹊慌慌张张地飞来，一面说：

“太阳鸟，太阳鸟，不好了！灰鹰和狮头鹰俩商量了个毒计，要摆布你！”

于是喜鹊把灰鹰和狮头鹰商量的阴谋都说了出来。原来当鱼鹰、锦鸡和鹁鸪它们三个急急忙忙地飞到太阳鸟那儿的时候，喜鹊没有跟它们同去。它很机灵，要探听灰鹰和狮头鹰两个坏东西究竟在商议什么。它在林子里绕了一圈，又飞回到原地，悄悄地躲在叶丛中间，一句不漏地听着它们俩说的话。

太阳鸟向喜鹊道谢。喜鹊说：

“太阳鸟，不要谢。你是我们最好的朋友，要是你着了它们的手脚，我们以后也不会有好日子过。狮头鹰和灰鹰素来对我们不安好心，它们总有一天会吃掉我们！”

“喜鹊说的正是我们林子里大伙担忧的！”鱼鹰、锦鸡和鹁鸪都说。

太阳鸟安慰它们，要大伙互相关心，互相帮助，大家团结更多的朋友，对付灰鹰和狮头鹰的罪恶勾当。

“我决不能容许它们在这彩石山林子里胡作非为，要是它们敢欺负我，我一定要狠狠回击！小兄弟们，我们大家都留神点儿吧！要是它们欺负谁，大伙团结在一起对付它们！”太阳鸟跟朋友们说。

“太阳鸟，我们知道了。”喜鹊、锦鸡、鹁鸪和鱼鹰一齐说。

在灰鹰和狮头鹰施展它们的毒计之前，太阳鸟意外地又遭受了一场灾祸。这是多么大的不幸！在一个黑魆魆的夜晚，一条毒蛇钻进了梧桐树上太阳鸟的窠里。毒蛇被太阳鸟摔死了，但是太阳鸟也被蛇咬了，中了蛇毒。她的伤很重，需要好好治疗养伤。树林里的朋友们都为太阳鸟着急，它们希望她

能很快治好蛇伤，恢复健康。

但是灰鹰和它的朋友狮头鹰却十分高兴。它们认为太阳鸟遭遇的不幸，刚好给它们带来一个极好的机会。

“现在咱们该下手了，灰鹰老弟，太阳鸟中了蛇毒，也许她会死去。趁这当儿，你可以去搞她一下。她养伤要紧，决不敢把你怎样。”狮头鹰狡猾地笑笑，“如果她跟你打起来，我会帮你。咱们是一家嘛！”

灰鹰也认为这的确是个最好的时机。它早已把昨天的恩人看作是世界上第一号仇人了。它一定要下毒手，“无毒不丈夫”啊！

“咱们约定啦。我这就动手！”

“对，小兄弟，快动手吧！我等着你的好消息！”狮头鹰说，“祝你马到成功！”

就在当天晚上，月亮从西海的海面上升起来。明月当空，彩石山浸在一片银光里。那个树林显得特别幽静美丽，那高耸在一切林木之上的大梧桐，它的叶片和枝干被水一样的月光洗得格外碧绿晶莹。在这样美的世界上，一切似乎都是美的，叫人安心，无忧无虑。

在那棵大梧桐树上，太阳鸟也睡了。她的美丽的羽毛在月光中闪闪发光。她一只眼闭着，一只眼睁着。她睡了，但是，没有完全睡着。

忽然一个阴影从月光中闪过，像浮云一样，不声不响地飘然落在大梧桐树的树枝上面。

月光下看得很清楚，它就是那只贪婪、邪恶的灰鹰。

它东张西望，看到太阳鸟闭着一只眼睛，高兴极了，它不想再看一看太阳鸟的另一只眼睛，以为那当然也是闭上的。

“啊，太好了！今天我一定可以一口咬断她的喉咙！”灰鹰想着，恶狠狠地向太阳鸟扑去。它要首先把太阳鸟头上的那一撮羽毛拔掉，然后再咬太阳鸟的喉咙。因为太阳鸟头上的发光的羽毛是一切凶恶的禽鸟所最害怕的，它们会刺伤恶鸟的眼睛，而且使它们在众鸟面前显出可恶的形象。

灰鹰正待下手，可是它忽然觉得自己的脖子被什么东西紧紧钳住了！原来那是太阳鸟的爪子出其不意地抓住了它。

“你想干什么？”太阳鸟圆睁着双眼，冷冷地问。

“啊哟哟哟！”灰鹰从嗓子里挤出了声音，“你怎么平白无故地伤害我？大家来看，太阳鸟欺负我啦！太阳鸟欺负我啦！”

林子里的鸟儿们都惊醒了，它们飞来问发生了什么事情。其实，它们心里都明白是怎么回事。

“你到这儿来干什么？”喜鹊问。

“没什么，来看看她。可是她竟忘了我跟她的情谊，把我的脖子钳得气都快喘不过来了。”灰鹰哭丧着脸说。

“你跟太阳鸟的情谊有多深，半夜还忘不了来看她。可是你白天为什么不来呢？”喜鹊仍然笑嘻嘻地问。

“是啊，你为什么要半夜来这儿呢？”鸟儿们都责问着。

“这个，她白天不是常常要出去的吗？晚上我知道她在家，所以特意来看她，可是她翻脸不认人，把我像强盗那样逮住了。你们看，这不是天大的误会吗？”灰鹰继续辩白着。

“你们看，它把我的脑袋也啄破了，这就是它来看我的一片好意。要不是我事先提防着，今晚要遭受它的毒手了。哼，你这忘恩负义的灰鹰，告诉你，你到这儿来的目的，我是一清二楚的。不过如果你愿意改过自新，我还是愿意宽恕你的。这回我放你回去，咱们以后还可以做好邻居，要是你下回还敢捣乱，那我可不能像今天这样客气啦。林子里的朋友们都看到，我太阳鸟从来说话是算数的！”

太阳鸟说完就放松了爪子，灰鹰一溜烟地飞走了。所有的鸟儿都哄笑起来。

灰鹰懊丧极了。它飞到大雪山那儿，把自己失败的经过报告了它的朋友。狮头鹰听了，心想：这太阳鸟果然厉害，身受毒蛇重创，可警惕性还那么高。幸亏自己没有露脸，要不，在她手里栽了筋斗，那可大大出丑了。心里虽这么想，嘴上还竭力安慰灰鹰，劝它不要泄气，要它继续跟太阳鸟捣乱。

“我的好老弟，为了以后稳稳当当地在你那地界里做个强者，冒点儿险跟太阳鸟干还是值得的，毒蛇咬了太阳鸟，这是帮了咱们的大忙。咱们一定要设法不让她恢复健康，要是现在错过机会，以后她恢复了元气，那就太可怕了！现在大着胆子，跟她干吧，怕什么，有我给你撑腰呢！”狮头鹰鼓气说。

灰鹰听了狮头鹰的教唆，觉得胆子壮了好多。它离开大雪山，飞回它那树林去。在林子里，它看到鹁鸪、鱼鹰、喜鹊和锦鸡它们正在聊天。一见到它们，灰鹰就勾起了满肚子的仇恨。

“这些家伙都是跟太阳鸟好的。”它心里想，“它们总是跟我作对，我得一个个地收拾它们！”

想着，它就从空中像闪电一样地进行突然袭击，一下攫住了鹁鸪，窜向林子深处，撕破了鹁鸪的胸膛，三口两口吞吃了。鱼鹰、喜鹊和锦鸡被这突然的灾祸吓呆了，当它们警觉过来的时候，灰鹰已经窜得无影无踪了。它们为鹁鸪惨遭杀害感到悲痛，又担心下一场灾难临到自己头上。正好就在这当儿，听见灰鹰在高空中狂笑着：

“哈哈！都瞧见了吧，以后谁敢跟太阳鸟好，谁敢反对我，说我坏话，鹁鸪的下场就是榜样！哼，我还有好朋友狮头鹰呢！”

锦鸡吓得把脑袋钻进了草丛。喜鹊张大了嘴，惊惶地看着鱼鹰说：

“我们该怎么办呢？这灰鹰发了野性，根本不认咱们是同住在一个林子里的朋友了！咱们以后可要倒霉了！”

鱼鹰难过地说：

“咱们要记住今天的教训！太阳鸟早跟咱们说过，要团结起来一起跟敌人斗，可是咱们刚才并没有听太阳鸟的劝告，才让鹁鸪遭了殃。”

锦鸡打草丛里钻出头来说：

“唉，多么可怕呀！灰鹰飞走了吗？”

喜鹊瞪了锦鸡一眼。鱼鹰叹着气说：

“你光是胆小怕事，它灰鹰就能放过你吗？下回该轮到咱们头上来啦。咱们准备好一起跟它拼吧！”

“哎呀，天哪！那可怎么办呢？太阳鸟又伤得那么重，要不，她决不会眼看着咱们受人家欺负不管的。咱们能对付得了灰鹰吗？它的嘴和爪多厉害啊！”锦鸡忧心忡忡地说。

“你把脑袋钻进了草丛，就能躲过灰鹰的嘴和爪吗？躲得了今天，躲不了明天啊！鱼鹰的话是对的，大伙要合起来跟灰鹰斗！”

锦鸡不知道是谁在跟自己这样说话，因为它心情十分紧张慌乱。可是它听到了鱼鹰和喜鹊高兴地招呼着，才注意到原来是太阳鸟来到了大家跟前，停在一棵大榕树上。

“啊，太阳鸟，您好点儿吗？我们正盼着您哪！”锦鸡也高兴地叫着。

太阳鸟的伤势的确很重，她应该好好待在自己的窠里养伤，可是她知道林子里发生了不幸的事，她不能不关心呀。她安慰了大家，还鼓励大家不要只顾自己，更不能一味逃避和退让。如果灰鹰不受到教训，它只会变得越来越残暴，越来越凶恶！她劝朋友们不但要共同对敌，而且要团结林子里更多的朋友，这样就不怕灰鹰再逞凶了。

鱼鹰、喜鹊和锦鸡都同意太阳鸟的话。它们现在觉得安心点儿了。

当太阳鸟飞回自己的窠里正在休息时，却见灰鹰迎面飞来，气焰嚣张地叫道：

“太阳鸟，你为什么跟鱼鹰、喜鹊它们出主意要暗算我？刚才我看到你们在一块儿鬼鬼祟祟地商量来着。”

“你胡说什么！你自己在林子里胡作非为，称王称霸，自以为钩爪尖利了，翅膀长硬了，谁都不放在眼里啦，你忘了那时被海雕欺负的光景了。多行不义是要受到惩罚的！”太阳鸟冷冷地说。

“你别教训我，老东西！我可不怕你！”灰鹰讥笑说，我可不是那时的小鹰了，现在我是彩石山林子里最强的鸟儿，所有的鸟儿都得服从我，别说鱼鹰它们，就是你也得知趣些！”

太阳鸟十分气愤，不过她还是竭力忍耐着，因为她此刻的确需要休息。要知道，她被毒蛇伤害得多么严重啊，若不是她本来有特别好的体质，早就倒下了。所以，她只冷笑了一下，就不再理睬灰鹰了。

灰鹰心想，狮头鹰跟自己说过，这太阳鸟在中了蛇伤之后，现在必然没有能力和胆量跟它们较量，若不是趁这时机打掉她的威风，那以后机会就更少了。何况，狮头鹰答应在紧要关头会出来帮自己的忙，它是完全有恃无恐的。现在，太阳鸟不跟自己理会，就是表明太阳鸟的确害怕自己了。想到这些，所以它不但不肯收敛，反而更加嚣张了。它飞到大梧桐的树枝上大声咒骂，还衔着石块扔到太阳鸟的窠里，扔到太阳鸟的身上。

它终于把太阳鸟招惹得再也忍不住了。

太阳鸟从窠里跳出来，愤怒地向灰鹰扑过去。灰鹰恶狠狠地用铁钩也似的爪子去抓太阳鸟，用那弯钩也似的鹰嘴去啄太阳鸟头上的羽毛。它以为太阳鸟被毒蛇咬伤之后，经不起自己有力的打击；不料太阳鸟大显神威，奋起一击，一爪就扭断了灰鹰的一个爪子，一喙就撕去了它的一块头皮。灰鹰一面狼狈地逃窜，一面吱吱地哀叫：

“大家看呀，大家快来阻止太阳鸟行凶呀！我是只不幸的小鸟，被那么凶恶的大鸟太阳鸟欺负啦！我的好朋友狮头鹰，你快来帮忙吧！世界上所

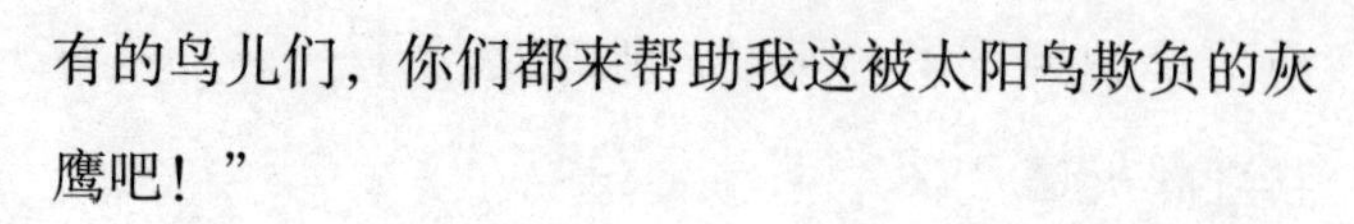

有的鸟儿们，你们都来帮助我这被太阳鸟欺负的灰鹰吧！”

灰鹰声嘶力竭的呼救声，招来了林子里所有的鸟儿们。它们看到灰鹰给太阳鸟啄得头破血流，不但不同情它，反而都高兴地说：

“这下是这可恶的灰鹰头脑冷静一点的时候啦！多亏我们的太阳鸟好好地教训了它一顿！要不，还不知它会变得怎样狂妄呢！”

喜鹊笑嘻嘻地说：

“也得感谢灰鹰让我们长了点儿见识。原先我们总以为世界上只有大欺小，强欺弱；可是现在的事情表明，也有相反的情形。当小的、弱的害了热病，自以为了不起，错误地估计了形势的时候，也会狂妄地欺负比它大的和强的。不过，无论如何，强也好，弱也好，大也好，小也好，谁要欺负人，到头来总不会有好下场的！朋友们，你们说对不对？”

鸟儿们都对喜鹊的这几句话表示赞赏。灰鹰看到别的鸟儿都不同情自己，又气又恼。它高声地叫喊狮头鹰，它把希望寄托在狮头鹰身上，它想狮头鹰一定会来帮助自己的。

可是，无论如何它也没有意料到，它简直叫破了嗓子，可是对面大雪山那儿却不见狮头鹰露脸，只能听到狮头鹰的微弱无力的叫骂声：

“坚决反对太阳鸟欺负灰鹰！请大家支援灰鹰！太阳鸟是破坏世界和平的坏鸟！亲爱的灰鹰，英勇战斗吧；全世界都支持你的，你一定会得到胜利！英勇战斗吧！战斗吧！战斗吧！战斗吧……”

灰鹰气得几乎发昏。它哪儿知道这看去十分强横的狮头鹰，也是十分害怕太阳鸟的。因为太阳鸟是受所有鸟儿们的爱戴的，她有无数的朋友，她不是孤独的。

灰鹰完全失败了。它逃进自己的窠里，在那里呻吟、咒骂、抱怨。当然，它不肯就此死心，还要找机会跟太阳鸟较量。

太阳鸟在朋友们的欢呼声中，感谢大家的声援和同情。她要好好养伤。她一定能养好伤，很快恢复健康，比任何时候都更强大、更美丽、更幸福。她的眼睛任何时候都警惕地睁着，不管从什么地方突然到来的侵犯要伤害她，她都不怕，她都能对付得了！

灰鹰的伤也养好了。不过它头上揭去的那块皮永远也长不好，它成了一只秃头的鹰。

这就是我要讲的秃鹰的故事。

丑 小 鸭

这个地方真是水鸟们活动的好地方。

湖边有很多芦苇，湖面不算太大，但是给水鸟们在那儿活动，已经尽够尽够了；而且湖中心还有一个小岛，水鸟们玩累了，就可以到小岛上来休息和游戏。最有趣的是小岛上有许多野草，野草里有蹦蹦跳跳的蚂蚱和蛤蟆，这些都是水鸟们喜爱的野味儿。

这天，一群小鸭子来到湖边玩儿。这些小鸭们说小也不算太小了，身上虽然还有不少黄毛，可是又长又硬的翅膀毛已经开始钻出来几根，所以他们其实应该被称为少年鸭子了。其中有一只小鸭子，个儿特别大，模样也长得特别丑，大家叫他丑小鸭。

“丑小鸭，你敢不敢在这里扎个水猛子？”一只名叫水花的小鸭子说。他扎水猛子可有能耐了，只露出几个水花儿，就在水底下潜得远远的。他显然是瞧不起丑小鸭的，所以这么说。

“为什么不敢？你们能的我也能！”

“哼！说得轻巧！你试试吧，谁不知道丑小鸭是脓包货呢！你们说是吧？”水花骄傲地对别的小鸭子说。

“可不是！”有几个调皮的小鸭子附和说。

丑小鸭听了水花的话，觉得很气愤。他不再说什么，就一头扎进湖水里。真的，他的水猛子跟伙伴们扎得一样，连水花也没有几个。

“谁让你逞能？你是丑小鸭，只能比我们差。水猛子扎得就是不好！我要你服我们，承认你是丑小鸭，傻大个儿！丑小鸭，傻大个儿！”水花逞强欺负丑小鸭。他有三四个同伴在一起呢！

“你们干什么欺负他？”湖中心的小岛旁，不知什么时候飞来了一只白羽毛的鹭鸶，他独脚站着，被小鸭子吵闹的声音惊动了，大声跟小鸭子们说。

“鹭鸶伯伯，你看他长得多呆笨！他是一只最丑的丑小鸭！”一只顽皮的小黑鸭回答说。

“不管怎样，你们欺负他就不对了！”鹭鸶看了一眼丑小鸭，对那几只小鸭子说，“再说，他根本不是丑小鸭。我给你们讲一个故事，你们爱听故事吧？”

“哈！讲故事？爱听！爱听！快来呀！你们快来听故事啊！”小黑鸭招呼那些在湖里游水的伙伴们。不久，一只大母鸭带着小鸭们一起来到小岛，他们围着鹭鸶排成圈，连丑小鸭也和大伙在一起听。

于是鹭鸶清了一下嗓门，给小鸭们讲了一个丑小鸭的故事。说的是有一只丑小鸭，大家都瞧不起他、欺负他，可后来长大了，他成了一只天鹅，谁也没有他美丽。

“这是从前有一个叫安徒生的老人家讲的有名的故事。”鹭鸶讲过了故事，又补充说，“我的老祖宗在溪旁亲自听老人家在柳荫下向许多孩子讲的，后来我的老祖宗世代相传把这故事讲给下一代的鹭鸶听。这位安徒生说的丑小鸭，就是未来的天鹅。站在你们一起的，被你们叫作丑小鸭的，也是一只小天鹅。我不会看错。哦，你是小鸭们的妈妈吧？恭喜你得到一只天鹅的儿子。”

大母鸭忙说：“鹭鸶先生，你误会了，我是他们的老师。”

鹭鸶带着歉意说：“对不起！鸭老师，我猜错了。不过，我要跟你说，你有了一个天鹅学生，多么幸福！我希望你把他培养成一只有出息的天鹅！我还要告诉别的水鸟，要大家爱护这只小天鹅！”

大母鸭说：“这是当然的。以后我会特别照料他。”

小鸭子们听鹭鸶讲完了故事，都很高兴。不过，那几只顽皮的、喜欢取笑丑小鸭的小鸭子，却觉得很害臊，因为他们跟丑小鸭很不友好，很不公正。他们决心改变他们的态度。

但是震动特别大的，倒是丑小鸭自己。他从来没有想到自己是只小天鹅，当他知道自己是一只小天鹅时，几乎欢喜得要叫起来了。从前大家叫他是丑小鸭，他自己也这么认为，因此感到低人一等，虽然不甘心受别的小鸭子欺负，可是也无可奈何。可是如今情况改变了。他明白自己不是丑小鸭，从各方面看来，他的确是一只非凡的小天鹅。

“我要对碰到的每一只水鸟，告诉他们这个好消息，说在那群小鸭子里，我发现了一只小天鹅。大家都要关心他，爱护他，让他将来长大了，成为一只真正的天鹅！”

于是从那个时候开始，丑小鸭在小鸭们中间的地位改变了。人家不再叫他丑小鸭，都称呼他为小天鹅了。他的名字在这小湖上的水鸟中间传遍，他成了一只知名的小天鹅。水花主动跟他玩儿，小黑鸭和那几只顽皮的小鸭子都跟他特别要好。起初丑小鸭对这突然的变化有点不习惯，可是不久他就习惯了。

“因为我跟普通的小鸭子不一样！鹭鸶伯伯说我是一只小天鹅，所以他们都奉承我。是啊，我现在是一只小天鹅，那么，以后我当然会长成一只大天鹅！我要比谁都有出息！”丑小鸭这么想着，他的心上渐渐浮起了一片骄傲的情绪。

当他听见许多水鸟向他说出一些恭维和赞扬的话，他更骄傲了。他在水里瞧见水面上的倒影，越发感觉自己真是一只小天鹅了。他的心里乐滋滋的。

丑小鸭，不，现在是小天鹅的脾气变得多了。他对那些来找他玩儿的小鸭子常常发脾气。他觉得自己向他们发脾气，反而可以显出一只小天鹅的样子。本来嘛，小天鹅应该比一般的小鸭子爱发脾气嘛！这些小鸭子长大了不过是些大鸭子，而他自己呢，长大了是只大天鹅。

有些水鸟来找小天鹅，他们听了鹭鸶的话，

觉得应该做些能帮助小天鹅的事，问他是不是愿意学一点飞行的本领，或者滑翔的技术也可以教。他都辞谢了好意，因为他不想为这种事操劳。他想，既然以后我会长成大天鹅，那么，那时候我自然会飞翔的。所有的天鹅，不是都会飞翔的吗？

有一天，鹭鸶见了他，关心地问他是不是在认真地学习一只天鹅该学的本领。他骄傲地回答说：他有许多活动，许多游戏，腾不出工夫来学什么本领。好在他是只小天鹅，到明天他自然会成为一只大天鹅的。鹭鸶告诫他说：

“孩子，如果不学会飞行，一只小天鹅不一定会成为一只真正的天鹅！”

小天鹅觉得鹭鸶的劝告是吓唬人的。他不想花费许多时间和精力在学习上面。他只想和小鸭们玩儿，吃吃喝喝，而且他现在已经受到了应有的尊敬。

所以，小天鹅一天到晚尽情地玩儿，嬉水。饿了，就逮些小鱼小虾吃。这样一天天地过去，小天鹅长得很大很肥，跟那些鸭子们一样。

不过，他终究不是一只鸭子，他也不是一只天鹅。他是一只家鹅。他不会飞。